Inés Garland arbeitet als Journalistin, Übersetzerin, Autorin von Büchern und Drehbüchern und leitet Schreibwerkstätten. Viele Jahre schlummerten ihre Texte in der Schublade, bis sie sich entschloss, sie einer größeren Öffentlichkeit zu präsentieren. Ihre Texte gewannen auf Anhieb mehrere Auszeichnungen. Für ihren Roman ›Wie ein unsichtbares Band‹ erhielt sie 2014 den Deutschen Jugendliteraturpreis.

Weitere Informationen zum Kinder- und Jugendbuchprogramm der S. Fischer Verlage, auch zu E-Book-Ausgaben, gibt es bei *www.blubberfisch.de* und *fischerverlage.de*

Inés Garland

Wie ein unsichtbares Band

Aus dem argentinischen Spanisch
von Ilse Layer

FISCHER Taschenbuch

MIX
Papier aus verantwortungsvollen Quellen
FSC® C083411

Erschienen bei FISCHER Kinder- und Jugendtaschenbuch,
Frankfurt am Main, November 2015

Die argentinische Originalausgabe erschien 2009
unter dem Titel ›Piedra, Papel o Tijera‹
im Verlag Alfaguara, Buenos Aires, Argentinien

Die Hardcoverausgabe erschien 2013 bei FISCHER KJB

Umschlaggestaltung: bilekjaeger, Stuttgart
Satz: Pinkuin Satz und Datentechnik, Berlin
Druck und Bindung: CPI books GmbH, Leck
Printed in Germany
ISBN 978-3-596-81117-5

Für Abril und ihren Papa

Erster Teil

1

An dem Morgen, als ich Carmen und Marito kennenlernte, war unser Garten auf der Insel überschwemmt. Die Bäume ragten direkt aus dem Wasser, und die Häuser der Nachbarn am anderen Flussufer sahen aus wie Wassertiere, die reglos auf ihren langen Beinen dastanden. Um meine Eltern nicht zu wecken, ging ich auf Zehenspitzen auf die Terrasse hinaus. Ich wollte im Garten spielen, bevor sie das Hochwasser sahen, denn ich war die Einzige in unserer Familie, die diese Überflutungen mochte – meine Eltern fingen immer sofort an, die Möbel und den Kühlschrank hochzustellen, und dann ging es zurück nach Buenos Aires. Das Wasser bedeckte fünf der zehn Stufen zum Haus. Ich schätzte, dass es mir bis knapp übers Knie gehen würde, genau richtig, um hinten im Garten zu spielen, zwischen den Mandarinen- und Kumquatbäumen, wo die Erwachsenen nur im Winter hingingen, um einen Korb Obst zu pflücken, Sonntagnachmittags, bevor wir in die Stadt zurückfuhren. Ich machte große Schritte, balancierte mit den Armen, tippte mit den Fingerspitzen ins Wasser – meinen Flügeln, ich war ein riesiger Vogel, der sich gleich in die Luft schwingen würde –, der Schlamm schob sich zwischen meine Zehen, und lose Grashalme blieben an meinen Beinen kleben. Da war Carmen, direkt vor dem großen Graben. Ich sah sie schon von weitem, sie saß auf einem Ast, die Beine im Wasser, als hätte sie schon immer dort gesessen. Zu ihren Füßen lag noch ein Mädchen, das genauso aussah wie sie, nur aus Wasser, und beide grinsten wie die Katze in *Alice im Wunderland*. Als ich näher kam, zerfloss das Mädchen aus Wasser, und das andere, das auf dem Ast saß, sprang herunter. Carmen war größer als ich. Ihre Shorts waren schlammverschmiert, dazu trug sie ein gestreiftes T-Shirt, das mir gehört hatte und ihr zu kurz war.

»Sollen wir zu meiner Oma gehen, damit sie uns was zum Frühstück macht?«, fragte sie, als wären wir schon lange befreundet, stolzierte durchs Wasser davon wie eine Prinzessin und ließ dabei die dünnen Arme kreisen wie Propeller.

Ihr Vertrauen knüpfte ein unsichtbares Band zwischen uns, und ich folgte ihr, ohne Fragen zu stellen.

»Ich wohne jetzt hier«, erklärte sie mir, als wir über die Brücke gingen, die zu Doña Ángelas Haus führte.

Doña Ángela war die Mutter unserer Inselnachbarn und Carmens Oma. Sie lebte mit vier ihrer acht Kinder in einem Häuschen auf der anderen Seite des Flussarms, der unser Grundstück von ihrem trennte. Ich war nie drüben gewesen, und jetzt ging ich hinter meiner neuen Freundin über die Hängebrücke, den Blick fest auf den schwarzen Zopf gerichtet, der über ihren Rücken baumelte und bis zum Po reichte.

»Ich und mein Bruder wohnen jetzt bei meiner Oma«, sagte sie noch einmal und drehte den Kopf zu mir. Der Zopf klatschte an ihren Arm. »Der Esel nennt sich selbst zuerst. Mein Bruder und ich, wollte ich natürlich sagen.«

»Mit deinem Papa und deiner Mama?«

Sie fuhr mit der Hand durch die Luft, als wären die Eltern etwas, das man einfach wegwischen konnte, mit einer simplen Handbewegung (später erfuhr ich von meinem Vater, dass Carmens Mutter mit einem Seemann durchgebrannt war, der in Comodoro Rivadavia lebte, und dass ihr Vater in Tigre in einer Werft arbeitete und sich nicht um die Kinder kümmern konnte). Doña Ángela saß am Bootssteg. Die Bodenplanken standen unter Wasser, es reichte bis zum Geländer und der kleinen Bank, von denen der Lack abblätterte. Während meiner ganzen Kindheit habe ich Doña Ángelas beeindruckende Gestalt Wochenende für Wochenende am Steg sitzen sehen. Immer ganz in Schwarz, das weiße Haar wie eine Wattewolke um den Kopf, sah sie vom frühen Morgen an dem Fluss beim Fließen zu, ohne sich zu rühren. Als sie uns entdeckte, stand sie langsam auf, raffte ihr locker schwingendes Kleid nur ein kleines Stück und kam uns entgegen. Sie beugte sich vor, um mir einen Begrüßungskuss auf die Wange zu geben. Im Spalt zwischen ihren riesigen Brüsten war ein feines Silberkettchen eingeklemmt. Ich konnte mich nicht losreißen von dem Anblick: Dieser weiche, warme Ort, so anders als das knochige Dekolleté meiner Mutter, wogte kaum merklich und weckte in mir das Bedürfnis, mich anzukuscheln, mich tief hineinfallen zu lassen.

»Kommt, ich mach euch ein paar *Tortas fritas*«, sagte Doña Ángela, und wir gingen hinter ihr her wie Küken.

Das Haus unserer Nachbarn war ein schiefer Holzkasten und stand nicht auf Pfählen. Mein Vater sagte immer, wir sollten ihnen dabei helfen, sich etwas Besseres zu bauen, aber dieses Vorhaben wurde aus verschiedenen Gründen von Jahr zu Jahr verschoben, und jetzt verstand ich zum ersten Mal, warum meine Eltern immer wieder davon anfingen, sobald das Wasser stieg.

An diesem Morgen war Doña Ángelas Küche überschwemmt, und Licht kam nur durch ein Fensterchen, vor dem ein altes Stück Stoff hing. Aus einem Wasserkessel, der auf dem Holzherd stand, stieg Dampf auf, und das Klappern des Deckels, der auf dem Kessel tanzte, hallte in der Stille wider. Von irgendwo kam eine genervte Männerstimme.

»Kann mal jemand den Kessel runternehmen!«

Auf dem Zwischengeschoss, das an einer Seite der Küche auf halber Höhe eingezogen war, tauchte ein Gesicht auf. Der Mann sah mich an. Ich konnte ihn nicht richtig erkennen. Das spärliche Licht reichte nur für sein eines Auge, das mürrisch und müde dreinblickte.

»Mama!«, protestierte er, jetzt lauter.

Carmens warme Hand schloss sich um meine.

»Ich backe den Mädchen ein paar *Tortas fritas*, Tordo«, sagte Doña Ángela, und das Gesicht verschwand wie durch Zauberei in der Dunkelheit.

»Dann ist aber kein Mehl mehr da«, ertönte Tordos Stimme.

»Chico muss heute Nachmittag sowieso in den Laden«, erwiderte Doña Ángela und zog den Stoff vor dem Fensterchen zur Seite.

Das Licht fiel auf zwei dünne Beine, die vom Zwischengeschoss hingen, die Zehen spreizten sich und zogen sich wieder zusammen, wobei feiner Sand herunterrieselte und ein Staubwölkchen aufstieg. Ich hob den Kopf. Wie eine Erscheinung sah ich über mir zum ersten Mal das Gesicht von Marito, seine schimmernde Haut, seine nachtschwarzen Augen, seine Nase, seine vollen spöttischen Lippen, die kleine Narbe, die, so erfuhr ich später, der Biss eines Fischotters auf seiner Oberlippe hinterlassen hatte.

»Die Pinta hat ein Ei auf den Balken gelegt.« Er

landete neben mir, in der erhobenen Hand ein weißes, glattes Ei.

»Du hast uns nassgespritzt!«, sagte Carmen vorwurfsvoll.

»Ihr wart ja auch ganz trocken«, erwiderte er.

Carmen und ich sahen an unseren Beinen hinunter, die bis zu den Oberschenkeln im Wasser standen, und mussten lachen. Carmen hielt immer noch meine Hand und drehte sich jetzt zu mir, und so standen wir voreinander und lachten, als hätte Marito den besten Witz der Welt gemacht, als gäbe es im Leben nichts anderes als diese Lust zu lachen.

Jahre nach diesem Hochwassermorgen erklärte mir eine Seherin, ich sei dieser Familie bereits in einem früheren Leben begegnet. Unsere Seelen, sagte die Frau, hätten sich längst gekannt und seien auf die Erde zurückgekommen, um einen Traum miteinander zu teilen.

2

Im darauffolgenden Herbst, an einem Montag im Mai, tauchte Mabel auf, die Mutter von Carmen und Marito. Den Seemann hatte sie nicht dabei, aber dafür das Baby, das sie an Weihnachten bekommen hatte. Ich lernte sie nicht kennen, denn am Freitagnachmittag, als wir ankamen, war sie schon wieder nach Comodoro Rivadavia zurückgefahren. Sie sagte allen, sie wolle nach ihren Kindern sehen, aber keiner glaubte ihr. Als sie wieder abreiste, ließ sie das Baby da, als hätte sie es vergessen, so erzählte es zumindest Carmen. Sie beschloss, sich um ihren kleinen Bruder zu kümmern, und schleppte ihn überallhin mit, in einem Dreieckstuch, das Doña Ángela ihr aus einem ihrer alten Kleider geschneidert hatte.

»Wir könnten ihn Mowgli nennen«, sagte ich, als ich ihn sah.

In dieser Woche hatte ich das *Dschungelbuch* zu Ende gelesen, und mit seinen schwarzen, abstehenden Haaren und den langgezogenen Augen erinnerte mich das Baby an die Illustrationen aus meinem Buch.

»Er heißt Lucio.« An Carmens Gesichtsausdruck merkte ich, dass sie meine Idee gar nicht gut fand.

Das Wölfinnenspiel gefiel ihr aber schon, und so verbrachten wir mehrere Wochenenden hinten im Garten, bauten aus Laub eine Art Nest, betteten Lucio auf das Tuch und liefen auf allen vieren um ihn herum, stießen Wolfsgeheul aus und leckten ihm übers Gesicht, legten uns neben ihn und schirmten ihn mit unseren Körpern ab, um ihn vor Shir Khan zu schützen. Lucio strampelte mit Armen und Beinen und krähte vergnügt, als wäre er begeistert von unserem Spiel. Einmal machte Marito sogar den Leitwolf, und ich ging mit ihm in unserem Revier auf Beutezug, während Carmen beim Baby blieb.

Im letzten Februar, in den Sommerferien, hatten Carmen und ich auf der kleinen Mittelinsel angefangen, ein Baumhaus zu bauen. An einem Sonntag wollten wir damit fertig werden und dann ein paar Sachen und unsere Bücherkiste hinbringen. Tordo hatte uns verboten, mit Lucio Boot zu fahren, also ließen wir ihn am Steg zurück, in einer Kiste, die Marito aus alten Latten zusammengezimmert hatte und in die wir eine kleine Matratze gelegt hatten. Es dämmerte schon, und alle waren in ihren Häusern außer Marito, der ein Stück flussabwärts angelte, an der verlassenen Anlegestelle. Von unserem Baumhaus konnten wir Doña Ángelas Steg gut sehen. Wenn Lucio weint, sind wir gleich bei ihm, dachten wir und ruderten zur Mittelinsel hinüber, um an unserem Haus weiterzubauen, fest davon überzeugt, dass er da drüben gut aufgehoben war.

Später, als wir uns gegenseitig erzählten, wie alles gekommen war, hatten wir beide das Gefühl, wir hätten Lucio nie länger als fünf Minuten aus den Augen gelassen. Jede von uns hatte einen Hammer und eine Schachtel mit Nägeln. Wir machten uns daran, die Bretter an die Äste des Weidenbaums zu nageln, so konzentriert wie nötig, um nicht den Finger zu treffen, aber zwischendurch blickten wir immer wieder zum Steg und sahen seine kleinen Füße, die aus der Kiste ragten, wenn er strampelte. Ab und zu hörten wir sein glückliches Krähen, denn Lucio war ein fröhliches Baby und weinte fast nie.

Wir bemerkten das Ansteigen des Wassers erst, als es schon zu spät war. Es war, als wäre der Fluss plötzlich lebendig geworden und ohne das leiseste Geräusch über die Ufer getreten, ohne Vorwarnung, in der festen Absicht, Lucio mitzunehmen. Carmen merkte es als Erste und stieß einen Schrei aus. Ich blickte von einem Brett auf, das nicht so wollte wie ich, und begriff sofort, was passiert war. Ich glaube, ich habe auch geschrien. Carmen war schon hinuntergesprungen und lief zum Boot. Die Kiste mit Lucio war verschwunden.

Papa sagte später, als er unsere Schreie gehört habe, sei er auf die Terrasse hinausgelaufen und habe gesehen, wie ich das Seil losmachte und wie Carmen schon ruderte, bevor ich im Boot war. Ich stand mit einem Fuß auf der Heckplanke, da schoss das Boot plötzlich davon. Ich schrie. Ich weiß nicht, ob zuerst das Boot oder der Boden unter meinen Füßen wegrutschte, jedenfalls fiel ich breitbeinig ins Wasser, und mir fuhr ein heftiger Schmerz in die Leiste. Carmen hörte auf zu rudern, einen Moment lang wusste sie nicht, was sie tun sollte. Ich hängte mich an den Rand des Boots und kletterte klatschnass hinein. Papa fragte uns vom Steg aus, was los war. Carmen hatte angefangen zu weinen, und ich zitterte so, dass ich keine Antwort herausbrachte.

»Der Fluss hat Lucio mitgenommen«, rief Carmen schließlich. Neben uns trieb ein Vogel vorbei, mit dem Bauch nach oben.

Maritos Schrei war kaum zu hören, und zuerst wussten wir nicht recht, wo er herkam. Wir blickten zum verlassenen Anleger, wo wir ihn zuletzt gesehen hatten, aber dort war im immer schummrigeren Abendlicht niemand auszumachen. Wir hielten am Ufer Ausschau und entdeckten Marito ein Stück näher bei uns, bis zur Hüfte im Wasser stehend und uns verzweifelt winkend.

Carmen ruderte schon auf ihn zu, und ich stand trotz des Schmerzes breitbeinig am Heck und spähte flussabwärts in der Hoffnung, die Kiste im Wasser schwimmen zu sehen. Ich zitterte fast schon krampfartig, und die Kleider, die mir am Körper klebten, waren eiskalt. Zum ersten Mal in meinem Leben hasste ich die Farbe des Flusses. Er sah auf einmal ganz anders aus, mit seiner reißenden Strömung, die einen Menschen verschlingen konnte, ohne dass er eine Spur hinterließ.

Als wir näher bei Marito waren, merkten wir, dass er auf das gegenüberliegende Ufer deutete, wo sich die Kiste in den Binsen verfangen hatte, Kreise beschrieb und sich genau in diesem Moment wieder löste, um der Strömung zu folgen. Von dort, wo wir waren, konnten wir Lucio nicht sehen.

Carmen steuerte auf die Kiste zu und ruderte, so schnell sie konnte, aber die Kiste trieb schneller als wir. Nur die oberste Lattenreihe ragte noch aus dem Wasser; sie sank immer tiefer. Marito rannte am Ufer entlang, dann sprang er in den Fluss und schwamm los. Direkt über dem Holzrand tauchte ein Füßchen auf. Durch die Bewegung bekam die Kiste Schlagseite, ich dachte sofort, sie würde kippen, Lucio würde in den Fluss fallen und verschwinden. Ich sprang ins Wasser.

Erst später, als ich mit Papa sprach, wurde mir klar, dass ich es wohl kaum geschafft hätte, mich über Wasser zu halten und gleichzeitig die Kiste zu schieben, aber ich dachte nicht daran, was ich tun würde, wenn ich bei Lucio war. Ich schwamm einfach auf ihn zu.

Als ich nur noch ein paar Armlängen weg war, hörte ich Maritos Anweisung.

»Schwimm in die Binsen«, rief er. »Ich hole Lucio.«

Seine Stimme hatte die Macht, mich gehorchen zu lassen.

Kaum spürte ich den Schlamm unter meinen Füßen, verwandelte tödliche Erschöpfung meine Arme und Beine in Gewichte aus Blei. Ich klammerte mich an ein paar Binsen. Wenige Meter von mir entfernt konnte Marito im Wasser stehen, und es gelang ihm, Lucio, der zu weinen begonnen hatte, aus der Kiste zu zerren. Er drückte ihn fest an sich und ging auf eine Stelle zu, wo das Ufer weniger bewachsen war.

Mitten auf dem Wasser kam Papa in unserem Motorboot angefahren, während Carmen die Ruder ins Boot klappte und mit dem Seilende an Land sprang.

Flussabwärts war von der Kiste noch eine Ecke zu sehen, ein Punkt, der immer kleiner wurde, und dann auf einmal nichts mehr.

3

Von den vier Söhnen, die bei Doña Ángela wohnten, kannte ich nur zwei: Tordo, den Ältesten, und Chico, den Jüngsten. Die beiden anderen hatten am Wochenende immer irgendwelche Jobs zu erledigen, und in jener Zeit zogen sie nach Corrientes.

Doña Ángelas Mann hieß Cátulo und stammte aus Santiago del Estero, war aber fortgegangen, als die Kinder noch klein waren. Sie erzählte, ihr Mann hätte sich nie ans Wasser gewöhnt und sei nach einer der großen Überschwemmungen in den Vierzigerjahren nach Santiago zurückgegangen, ohne ihr ein Wort zu sagen, als wäre sie an der Flut schuld gewesen. Anfangs hatte er ihr alle zwei oder drei Monate eine Postkarte geschickt, dann wurden die Abstände größer, bis nur noch eine zu Karneval kam. »Der Dummkopf hat mal wieder geschrieben«, sagte sie dann.

Ein Jahr nachdem Carmen und Marito zu ihrer Großmutter gezogen waren, kam Opa Cátulo zu Besuch. Das war ein großes Ereignis, und ich habe es verpasst, weil es in die Winterferien fiel und ich in Sierra de la Ventana auf einer Freizeit war, aber anschließend hat Carmen mir alles ganz genau erzählt.

Der Großvater redete nicht viel, sagte sie, er begrüßte sie alle nicht mal richtig, hatte ihnen aber leckere kandierte Walnüsse und eine Schallplatte mit Sambamusik aus Santiago mitgebracht. Die Platte überspielte meine Mutter bei uns zu Hause auf Kassette, damit sie sie auf dem Recorder anhören konnten, den wir am Wochenende immer dabei hatten. Doña Ángela fand das Geschenk eine Gemeinheit, sie sagte zu Cátulo, er wisse genau, dass sie keinen Plattenspieler habe, und Carmen erzählte, die ersten drei Tage hätten sie sich gestritten, der Großvater fragte, woher er hätte wissen sollen, dass sie in all den Jahren keinen Plattenspieler angeschafft hatten. Zuerst blieb Doña Ángela stumm, aber dann fing sie wieder damit an, er wisse doch ganz genau, dass es auf der Insel keinen Strom gebe, und wozu solle sie einen Plattenspieler kaufen, wenn es keinen Strom gab. Carmen erzählte mir auch, dass ihre Großeltern den ganzen Tag auf Korbstühlen hinter dem Haus gesessen hatten, mit Blick auf den hinteren Teil des Grundstücks.

»Er will den Fluss nicht sehen, weil er ihm die Schuld an seiner Einsamkeit gibt«, sagte Doña Ángela in der ersten Zeit nach seinem Besuch.

Und sie lachte darüber, wie verschieden die Menschen sind, denn für sie war der Fluss der beste Begleiter.

»Er fließt und fließt und ist immer in Bewegung,

und dadurch ist alles andere nicht mehr so wichtig«, sagte sie.

Man brauchte sie nur am Steg sitzen zu sehen, stundenlang, die Hände im Schoß und den Blick ins Leere gerichtet, um zu wissen, dass sie wirklich so dachte.

Ich glaube, meinen Freunden hätte es gefallen, wenn ihr Großvater dageblieben wäre. Er hatte graue Augen, sagte Marito, und ganz runzelige Hände, und er spielte Cajón. Marito war hin und weg von dieser Trommel, die aussah wie eine Kiste. In diesem Winter setzte er sich breitbeinig auf jeden Baumstumpf, trommelte auf seinen Sitz und bewegte sich dazu, als brächte er wirklich Töne hervor. Jahre später kam er aus Santiago mit einer echten dieser Trommeln zurück, die er geschenkt bekommen hatte, und nahm sie überallhin mit.

In den zwei Wochen mit Opa Cátulo hatte Doña Ángela Wein und Bier getrunken, und die Kinder hatten gehört, wie sie im Dunkeln gelacht hatte, wenn sie dachte, alle würden schlafen.

Als ich sie nach den Ferien sah, war sie wie ausgewechselt. Sie war nicht mehr so still wie vorher, sondern richtig gesprächig, und ständig leuchteten ihre Augen auf, als würde sie an etwas Schönes denken. Auf einmal pflanzte sie Geranien in alte Blechdosen und bat Mama sogar um einen Azaleen-Ableger, um ihren Garten ein bisschen schöner zu machen, wie sie sagte.

Dann wurde sie immer stiller, und nach ein paar

Monaten war sie wieder ganz in sich gekehrt und setzte sich an den Steg, um dem Fluss zuzuschauen.

Papa sagte, Doña Ángela hätte das Trauerweidensyndrom. Irgendwann, als ich älter war, erklärten sie, so nenne man die Trägheit, die man den Inselbewohnern nachsagte, die halte sie davon ab, zu arbeiten und Dinge zu Ende zu führen, und komme davon, wenn man zu lange den Fluss ansehe. Für mich ist es etwas anderes. Seit ich denken kann, war der Fluss mein Zuhause, Maritos Zuhause, der Ort, wo ich hingehöre. Für mich ist das Trauerweidensyndrom Liebeskummer.

4

Doña Ángela, Carmen und Marito himmelten Tordo an. Ich hatte Angst vor ihm. Er hatte eine Art, mich anzusehen, immer von weitem, als wollte er mir sagen, dass es in seiner Welt keinen Platz für mich gab. Von Marito wusste ich, dass Tordo wunderschöne Geschichten erzählen konnte, und wenn er traurig war, ruderte er allein aufs Wasser hinaus und sang wehmütige Lieder in einer fremden Sprache, aber mir hat er nie eine Geschichte erzählt oder mehr als zwei oder drei Worte an mich gerichtet. Aber weil meine Freunde ihn so sehr mochten, mochte ich ihn auch ein bisschen, und Jahre später verstand ich, was es mit seiner aufbrausenden Art und seinem Misstrauen auf sich hatte, und gab ihm recht.

Mama sagte, er sei frustriert. Frustriert und undurchschaubar, sagte sie, und machte dafür die Ungarin verantwortlich, die vor zwanzig Jahren auf der Insel aufgetaucht war, als Tordo achtzehn war. Alle sagten, sie sei die schönste Frau in dieser Gegend, seit Doña Ángela nicht mehr jung war (ich konnte mir Doña Ángela zwar nie jung vorstellen, aber meine Eltern redeten viel davon, wie schön sie gewesen war). Die Ungarin hatte eines Samstagmorgens am Bootssteg angelegt und war an Land gegangen wie eine Wikingerin, die unberührtes Land betritt – so beschrieb Papa sie mir später –, groß, stolz, mit ihrer goldblonden Mähne, ihren blauen Augen und ihren fast vierzig Jahren, die laut Papa das beste Alter einer Frau waren und laut Mama das beste Alter der Ungarin und von niemandem sonst. Ohne ein Wort der Erklärung war sie mit einem Kopfnicken an Doña Ángela vorbeigegangen, direkt zu Tordo in den Schuppen, wo die Binsen zum Trocknen gelagert waren.

Niemand wusste, woher sie ihn kannte, aber an diesem Morgen stieg Tordo hinter ihr auf die Motoryacht und blieb das ganze Wochenende weg, und das war auch später immer so, wenn sie ihn abholte.

Papa sagte, die Ungarin sei gar keine Ungarin, sondern Deutsche, und ihr Haus sei voller Bücher, die hätte sie Tordo zu lesen gegeben, und deswegen sei er frustriert geworden. Und meinen Freunden werde es genauso ergehen, sagte er, es sei zwar gut, wenn man lesen könne, aber bei einem Leben wie dem ihren so viel zu lesen sei Gift. Ich konnte ihn nicht dazu bringen, mir das näher zu erklären, aber darin waren sich Mama und Papa völlig einig – sie nickte und wirkte aufrichtig besorgt um das Schicksal meiner Freunde –, bis Papa hinzufügte, das Schlimmste sei, dass die Ungarin Tordo beim Vorlesen zwischendurch Küsse gebe, diese Kombination sei fatal. Mama fand, das sei nichts für meine Ohren, sie runzelte die Stirn und warf Papa böse Blicke zu, worüber er sich ziemlich amüsierte. Mich erfüllte diese Vorstellung in den Jahren vor meiner Pubertät mit wirren Gefühlen: Tordo und die Ungarin, die sich küssten, in einem Bett voller Bücher, alle in rotes und schwarzes Leder gebunden, so wie die, die bei uns zu Hause in der Bibliothek standen, ganz versunken in den Geruch der Seiten und das Salz der Küsse – denn im Sommer hatte ich einen Jungen im Zelt nebenan sagen hören, dass Küsse salzig schmecken.

»Tordo hasst dich nicht, Alma«, sagte Carmen eines Nachmittags, als ich ihr gestand, dass ich Angst vor ihrem Onkel hatte, »er will uns nur beschützen.«

Wir hockten zwischen den frisch geschnittenen Binsen. Dort versteckten wir uns gern, denn das durften wir eigentlich nicht. Es war, als würde man zwischen riesigen Essstäbchen hindurchgehen, wenn wir die Binsen, die sich aus den Bündeln gelöst hatten, mit der Fußspitze zur Seite schoben, um sie nicht zu zertreten. Wir saßen uns gegenüber, zwischen zwei Bergen aus Binsen. Ein scharfer Luftzug umgab uns, der nach Schlamm roch, wie im kalten Wasser. Ich muss meine Freundin verständnislos angesehen haben.

»Er sagt, wenn du einmal mit deinen Freunden herkommst, wirst du es machen wie die Ungarin. Die holt ihn nie, wenn sie Besuch hat.«

»Du bist meine beste Freundin«, sagte ich, »so was würde ich nie tun.«

Ich machte ein Kreuzzeichen über meine Lippen, um es zu schwören, und wollte den Pakt mit Blut besiegeln, aber Carmen schüttelte den Kopf. Doch Tordo sollte recht behalten, Jahre später sollte ich meinen Schwur brechen. Ob Carmen mir verziehen hat, weiß ich nicht – ich habe sie nie danach gefragt –, aber mir selbst musste ich eingestehen, dass ich etwas getan hatte, was ich unverzeihlich fand, etwas, wofür ich andere immer verurteilt hatte. Ich schäme mich immer noch, wenn ich daran denke.

An dem Nachmittag zwischen den Binsen nahm ich mir vor, Tordo im Lauf der Zeit zu beweisen, dass ich nicht wie die Ungarin war. Jetzt kannte ich den Grund für seine Feindseligkeit und hatte keine Angst mehr vor ihm. Und nicht nur das: Wenn die Ungarin mit der Motoryacht voller Freunde vorbeifuhr und er sich im Haus verkroch, war ich genauso empört und voller Mitgefühl wie Carmen und stellte mich auf Tordos Seite, gegen die Ungarin und ihre Freunde und ihr hochnäsiges Getue.

5

Wie brachte es die Ungarin nur fertig, dass Tordo, dieser stolze und sogar unbändige Mann, ihr wie ein Lämmchen nachlief, wenn sie ihn rief?

Diese Frage stellten Carmen und ich uns immer wieder und fanden keine Antwort. Im Sommer, drei Jahre nach dem Hochwasser, bei dem Lucio beinahe ertrunken wäre, unternahmen wir eine Expedition zum Haus der Ungarin, um der Sache auf den Grund zu gehen. Wir mussten sie zusammen sehen, am »Tatort«, wie Carmen sagte, die zu der Zeit angefangen hatte, Krimis zu lesen.

Als wir ins Boot steigen, bereitet Marito an Doña Ángelas Steg gerade seine Angel vor.

»Wo wollt ihr hin?«, fragt er und spießt einen Wurm auf, der sich zwischen seinen Fingern windet.

Schon seit einiger Zeit spielen wir immer seltener zusammen, und er kommt nicht mehr ins Baumhaus. Unsere Ausflüge auf die Mittelinsel, wo wir Sardinen am Spieß gebraten und uns erzählt haben, was unter der Woche, die wir getrennt verbracht haben, passiert ist, interessieren ihn nicht mehr.

»Den Fluss runter«, sagt Carmen.

»Dann müsst ihr auf dem Rückweg gegen die Strömung rudern.«

»Schon klar«, erwidert sie und steckt die Rudergabeln auf. »Kein Problem«, sagt sie zu mir, »auf dem Rückweg wechseln wir uns ab.«

Wir bleiben erst mal da, ohne abzulegen. Marito achtet nicht mehr auf uns. Sein Körper biegt sich nach hinten, sein Arm beschreibt einen Bogen und lässt das Senkblei sirrend durch die Luft sausen, bis es mitten auf dem Fluss aufschlägt, ein Ring breitet sich aus, dann noch einer und noch einer, sachte vergehen sie wieder. Ich mache das Seil los. Rolle es sorgfältig zusammen. Ich will hierbleiben, Marito zusehen, mich neben ihn setzen und warten, bis ein Fisch anbeißt, raten, was für einer da angeschwommen kommt, der dann wild zappelt, wenn er am Haken hängt. Es ist ein guter Tag zum Angeln. Ich benutze die Binsen, um unser Boot langsam aufs Wasser zu schieben. Wir entfernen uns. Maritos Angel biegt sich nach unten. Er zieht ruckartig, ein kleiner Fisch zappelt im ruhigen Wasser, und Maritos Arme straffen sich, holen die Schnur ein. Sein Körper hat sich verändert, ohne dass ich es richtig gemerkt habe. Meiner auch. Seit wann habe ich Herzklopfen, wenn ich ihn ansehe?

Carmen und ich verfolgen aufmerksam Maritos kurzen Kampf. Dann hält er seine Trophäe in unsere

Richtung; wir sind zu weit weg, um seinen Gesichtsausdruck zu sehen, aber ich weiß, dass er lächelt. Früher haben wir den Fang des Tages immer gefeiert, sind zum Dank darum herumgetanzt, eine Mischung aus afrikanischem Ritual und Puna-Tanz aus den Anden. Ich wedle mit den Armen, um mit ihm zu feiern.

»Ich glaube, es war eine Meeräsche«, sagt Carmen und rudert energisch.

Sie hat kräftige Arme, und unter dem T-Shirt dürfen sich ihre festen Brüste frei bewegen. Ich schäme mich für meine großen, spitzen Brustwarzen, die mir bei der geringsten Berührung weh tun. Ich versuche, sie mit einem BH zu überdecken, den ich eigentlich gar nicht brauche, ich spüre, dass alle darüber lachen, und quäle mich mit der festen Überzeugung, dass das die endgültige Form meines Körpers sein wird.

»Ich glaube, ich werde Missionarin«, sage ich, als wir die Mündung unseres Flussarms passieren.

Wir fahren ganz dicht an einem Weidenbaum vorbei, Carmen klappt mit einem dumpfen Geräusch die Ruder ein und sieht mich an. Das Boot wird von der Strömung weitergetrieben.

»Warum denn das?«

»Weil ich reisen will.«

Carmen lacht.

»Und wirst du eine Haube tragen?«

Sie weiß, dass ich stolz auf mein langes Haar bin,

dass ich es vor dem Schlafengehen bürste und dass es das Einzige ist, das ich an mir nicht anders haben möchte.

»Die Nonne, die neulich in der Schule war, hat keine Haube getragen.«

»Ah, dann wirst du vielleicht doch Nonne.«

Sie beugt sich über den Rand und taucht die Hand in den Fluss, führt sie an den Nacken, das Wasser läuft ihr über den Hals und hinterlässt ein dunkles Dreieck auf dem T-Shirt. Carmens Haut ist straff und weich.

»Sie war eine Dritte-Welt-Nonne.«

»Wieso?«

»Sie hat sich um die Armen in der Dritten Welt gekümmert.«

»Ich dachte, es gibt nur eine einzige Welt. Und du willst Nonne werden, um in die Dritte Welt zu fahren?«

»Ja.«

»Und wo ist die?«

»Zum Beispiel in Afrika. Es gibt eine Erste Welt und eine Dritte Welt. Nur keine Zweite Welt.«

Carmen scheint diese Information zu analysieren. Dinge, die nachher nur das Gedächtnis verstopfen, das sie für andere Sachen braucht, nennt sie Pipifax, und der interessiert sie nicht.

»Du willst also nach Afrika«, sagt sie.

Die ganze Woche habe ich mir ausgemalt, wie ich Carmen erzähle, dass ich Missionarin werden will, und jetzt, wo ich es getan habe, komme ich mir blöd vor.

Ich sage ihr, dass ich rudern möchte.

Carmen wartet darauf, dass ich weiterrede. Als sie merkt, dass ich nichts mehr sagen werde, fängt sie an zu singen:

Ach Seemann, Seemann,
wer hat dich das Schwimmen gelehrt?
Waren's die Wellen des Flusses,
waren's die Wellen des Meers?

Ich bin nicht von hier,
und mein Herz braucht Amor.
Ich bin aus Bahía
de San Salvador.

Ich spüre, wie meine Handflächen vom Rudern brennen. Morgen werde ich zwei rote Blasen voller Wasser haben. Marito hat Schwielen. Wenn ich Stein sage und er Papier, wickelt er mir die Faust mit seiner schwieligen Hand ein.

»Ich weiß nicht, ob ich wirklich Nonne werden will.«

Auf Carmens Gesicht erscheint ein breites Lachen.

»Wenn wir reisen wollen, können wir uns doch auch

einen anderen Vorwand ausdenken. Lass uns nach Salvador da Bahía fahren«, sagt sie, »in die Stadt aus dem Lied.«

Hinter den Weiden ist allmählich schon das Dach vom Haus der Ungarin zu erkennen.

6

Das Haus der Ungarin stand am Ende des Flussarms an einer Landspitze, von der aus man nachts die erleuchtete Stadt sehen konnte. Gegenüber dem Haus, auf der anderen Seite des Flusses, wuchsen Binsen, eine richtige Bank, die die Inselbewohner im Januar schnitten und einlagerten und zu der Carmen und ich im Sommer abends oft fuhren, um den Vollmond aufgehen zu sehen.

Unser Ausflug fiel in die Zeit der Geißblatt-Blüte. Kaum waren wir in den Abzweig eingebogen, wo die Motoryacht der Ungarin lag, konnten wir ihren süßen Duft riechen. Wir banden das Boot am Geländer des kleinen Stegs fest. Grillengezirp erfüllte die stehende Luft. Das Haus, das auf Pfählen ruhte und ringsherum eine überdachte Galerie hatte, schien in der flirrenden Hitze zu schweben. Auf Zehenspitzen stiegen wir die Treppe hinauf. Wir wussten, wenn Tordo uns entdeckte, würde er stinksauer werden.

Carmen wusste, wo welches Zimmer lag, denn seit kurzem ging sie nachmittags manchmal zum Putzen hin, um ein paar Pesos zu verdienen. Sie sagte, die Ungarin hätte viele Bücher und ein Schwarzweißfoto von ihren Eltern auf einem Platz mit Tauben, der aber nicht die Plaza de Mayo in Buenos Aires war, und das Foto musste immer an einer ganz bestimmten Stelle stehen und davor eine kleine Vase mit frischen Blumen. Ich war sehr neugierig auf das Haus und das Foto, aber Carmen ging immer unter der Woche hin, und ich würde bis zu den Ferien warten müssen, um sie zu begleiten. Sie führte mich zu einem der Fenster. Sie spähte als Erste hinein und drehte sich dann zu mir um, den Zeigefinger auf den Lippen, die Augen fasziniert von dem, was sie gesehen hatten. Sie winkte mich näher heran. Ein Stöhnen drang deutlich an meine Ohren. Ich spürte, wie mir ganz mulmig wurde: Das Einzige, was uns vor den Blicken von Tordo und der Ungarin schützte, war das Fliegengitter und der kühle Schatten des Galeriedachs.

Carmen drückte sich an die Wand und schob wieder den Kopf vors Fenster. Ich, auch an der Wand, aber hinter Carmen und außerhalb des Fensterrahmens, wagte mich nicht einmal zu rühren. Sie drehte sich wieder um. Da ich reglos blieb, ging sie in die Knie und kroch auf allen vieren auf die andere Seite des Fensters, um mir ihren Platz zu überlassen. Dann machte sie mir Zeichen, ich solle hineinsehen.

Die Ungarin befand sich direkt hinter dem Fenster, vollkommen nackt. Ihr Kopf war nach hinten geworfen und der Mund ein wenig geöffnet, seltsam verzogen, als hätte sie Schmerzen. Obwohl sie die Augen geschlossen hatte, bekam ich wildes Herzklopfen und presste mich gleich wieder an die Wand. Ich sah noch einmal hinein. Tordo, der unter der Ungarin lag, murmelte jetzt etwas, und sie holte plötzlich Luft, als wäre sie am Ersticken gewesen. Das Kopfende des Bettes stand dicht am Fenster. Ein Spiegel in einer Schranktür zeigte den Rücken der Ungarin, breit und ganz weiß, zur Taille hin wurde er schmaler, um sich dann wieder zu dem riesigen Hintern zu verbreitern, wo Tordos Finger sich fächerförmig ins Fleisch bohrten, als wollten sie ihr weh tun. Etwas schlug gegen die Wand. Das metallische Geräusch war wie die Musik, zu der die Ungarin sich bewegte, und sie sah aus, als wäre sie weit weg, in einer anderen Welt. Das blonde Haar klebte ihr im Gesicht und an der verschwitzten Haut. Als ihr heiserer Schrei Tordos Stöhnen übertönte, fühlte ich zwischen meinen Beinen etwas Neues, Schmerzhaftes.

»Du Nutte«, sagte Tordo.

Das sagte er noch mehrmals, jedes Mal weicher, als würde er ein Kosewort daraus machen. Einen Moment war es still. Die Ungarin legte sich die Hände aufs Gesicht und ließ sich auf Tordo sinken. Sie weinte.

Ihr Schluchzen mischte sich mit Tordos Stimme, einer so sanften Stimme, dass sie von einem anderen Mann zu kommen schien als dem, den ich kannte, und nach und nach beruhigte sich die Ungarin wieder, und sie lagen Arm in Arm da. Es war in dieser Stille, die dem Weinen der Ungarin folgte, als Carmen den Stich der Bremse spürte. Nachher behauptete sie, sie hätte sich kaum bewegt, um sie zu verscheuchen, aber ich hörte ganz genau das Klatschen auf ihrer Haut, als sie sie erschlagen wollte. Die Ungarin hörte es auch. Sie setzte sich abrupt auf.

»Deine Nichte und ihre Freundin spionieren uns nach«, sagte sie.

Wir warteten nicht auf Tordos Reaktion, sondern rannten zum Boot, als wäre der Leibhaftige hinter uns her.

7

Für mich hatte die Sache nicht so schlimme Folgen wie für Carmen. Wir blieben am nächsten Wochenende in der Stadt, weil Papa beruflich zu tun hatte. Ich sah Tordo also erst zwei Wochen später wieder, und dann war schon genug Zeit vergangen, um keine Angst mehr vor ihm zu haben. Aber Carmen musste büßen. Ihr Onkel redete nicht mehr mit ihr, und sie dachte schon, ihr Verhältnis hätte für immer einen Knacks. Und Doña Ángela, die sonst spätestens alle fünf Tage eins ihrer Lieblingsgerichte kochte, setzte ihr nur Blumenkohl und Spinat vor, die Gemüsesorten, die Carmen am allermeisten hasste. Ich wollte ihr einreden, der eintönige Speiseplan sei Zufall, aber Carmen kannte ihre Großmutter. Sie glaubte nicht, dass Tordo ihr etwas erzählt hatte, aber Doña Ángela hatte einen klaren Sinn für Hierarchien: Wenn Tordo nicht mit Carmen redete, musste sie nicht unbedingt herausfinden, was passiert war, um sich mit ihm zu verbünden und ihren Teil zur Bestrafung beizutragen.

Am Abend des ersten Samstags, den ich wieder auf der Insel verbrachte, legten Carmen und ich uns auf den Bootssteg, um Sternschnuppen zu zählen.

»Hast du die Ungarin gesehen, als sie aus dem Haus kam?«, fragte Carmen.

Mir kam wieder die Gestalt der nackten Ungarin in den Sinn, die sich mit verschränkten Armen im Türrahmen abzeichnet.

»Sie sieht wirklich aus wie eine Wikingerin«, sagte ich.

Im Dunkeln sprang ein Fisch übers Wasser.

»Die Ungarin hat nicht geweint, weil er sie ›Nutte‹ genannt hat«, sagte Carmen.

»Weiß ich.«

Genau wie ich musste sie mehrere Tage gebraucht haben, um zu diesem Schluss zu kommen.

»Wie es wohl ist, verliebt zu sein?«, fragte ich.

Carmen, die immer auf alles eine Antwort hatte, blieb stumm.

»Wenn man sich in jemanden verliebt, mag man ihn wahnsinnig gern«, erklärte sie schließlich. »Und das merkt man daran, dass die Welt ohne diesen Menschen nicht dieselbe wäre.«

Ich wusste, dass die Welt ohne sie und ohne Marito nicht dieselbe wäre, und überlegte, an wem mir sonst noch so viel lag, aber dann war die Glocke zu hören, die bei uns geläutet wurde, wenn das Essen fertig war.

An diesem Sonntag kam es nachmittags zu der Schlägerei zwischen Tordo und Chico. Es war furchtbar heiß, und der Wind wehte aus dem Norden. Am Morgen hatte Mama gesagt, an solchen Tagen würden die Verrückten eingesperrt, mit Blick auf etwas Grünes. Der Fluss führte wenig Wasser, und es roch stark nach Schlamm, nach Rost, nach halbverfaulten Pflanzen und Fischen – so wie der Fluss eben riecht, wenn an den Ufern das zum Vorschein kommt, was sonst bedeckt ist, und der Schlamm mit seinen strengen Ausdünstungen der Sonne ausgesetzt ist.

Carmen und ich waren am späten Vormittag mit unserem Baumhaus fertig geworden und hatten Marito eingeladen, es mit einigen Scheiben Wassermelone zu feiern. Wir sahen Tordo aus dem Schiff steigen, mit dem er nach Tigre gefahren war, und ins Haus gehen. Normalerweise hätten wir gemerkt, dass er wütend war, aber wir wurden abgelenkt von Virulana, dem mit dem schwimmenden Laden, der gerade flussabwärts fuhr und uns mit seiner Signalpfeife grüßte.

Chico war ins Bambusdickicht gegangen, um ein paar Stangen zu schneiden, mit denen er den Zaun eines Nachbarn von gegenüber ausbessern wollte, und wie er später Marito erzählte, musste Tordo gleich wieder aus dem Haus gestürmt sein, direkt ins Dickicht, um auf Chico loszugehen, bevor der auch nur einen Ton sagen konnte. Wir haben nie herausbekommen, wer Tordo erzählt hatte, dass die Ungarin an diesem Morgen, als er in Tigre gewesen war, Chico abgeholt hatte. Wir erfuhren auch nicht, ob Chico etwas mit ihr gemacht hatte, wofür er die Prügel verdiente, er schwor nämlich, sie hätte ihm ein paar Pesos dafür bezahlt, die Glyzinie wieder zu befestigen, und er hätte sie nicht angerührt. Tordo glaubte ihm nicht. Als wir bei den beiden ankamen, hatte er ihn gerade zu Boden geworfen und ihm den Arm verdreht, damit er sich nicht rühren konnte, kniete neben ihm und schnüffelte wie ein Hund an seinem Gesicht und seinem Hals.

Der erste Schlag war ein Kinnhaken. Chico schrie vor Schmerz. Tordo machte einen Schritt zurück, trat ihm in die Rippen. Chicos Körper flog ein Stück durch die Luft, dann rollte er sich zusammen, bei jedem Tritt bog er sich und rollte sich wieder zusammen. Die Tritte machten ein seltsames Geräusch, das man nie wieder vergessen kann. Einen Moment lang sah es so aus, als würde Tordo seinen Bruder totschlagen. Plötzlich hörte er auf und starrte ihn an, als müsste er überlegen, an welcher Stelle er den nächsten Schlag platzieren solle. Chico setzte sich auf und hielt sich mit beiden Händen das Gesicht. Ich hatte noch nie gesehen, wie ein Mann einen anderen verprügelt.

»Die Glyzinie hing auf dem Boden«, sagte Chico, ohne die Hände vom Gesicht zu nehmen.

Tordo drehte sich um und ging mit großen Schritten weiter ins Dickicht hinein.

»Wegen dieser blöden Nutte«, sagte Chico ganz leise.

Seine Nase blutete. Er stand auf, und ich dachte, er würde hinter Tordo herrennen, aber er ging zum Haus. Carmen, Marito und ich konnten uns nicht rühren. Die Bambusstangen schlugen im Wind gegeneinander.

»Warum hat er an ihm gerochen?«, fragte ich am Abend, als ich neben Carmen am Steg saß.

Carmen antwortete nicht. Die Nacht war pechschwarz und still, nur ab und zu wehte Musik aus Mamas Kassettenrecorder zu uns.

Wir hörten das dumpfe Geräusch von jemandem, der ins Boot sprang, dann das Quietschen der Rudergabeln. Die Silhouette des Boots löste sich vom Festland, und die Ruder plätscherten im Wasser.

»Wer ist da?«, fragte Carmen.

Als Antwort nur Schweigen und Ruderschlagen.

»Tordo?«

»Ab mit euch ins Bett, es ist spät«, ertönte Tordos Stimme in der Dunkelheit.

Das Boot glitt flussabwärts davon, das Knirschen der Rudergabeln und das Schmatzen der Ruderblätter beim Eintauchen ins Wasser wurde immer leiser, bis es nicht mehr zu hören war.

»Er fährt zur Ungarin«, sagte Carmen. Auf der

Insel gegenüber sanken die Sterne hinter die Umrisse der Bäume. »Hoffentlich bringt er sie nicht um, sonst kommt er ins Gefängnis.«

In dieser Nacht träumte ich, ich würde von Männern mit Messern verfolgt. Im Traum erzählte mir Carmen, die Ungarin sei tot, ihr Onkel hätte sie totgebissen.

8

Als ich am Freitag nach der Schlägerei auf der Insel ankam, wartete Carmen an unserer Anlegestelle auf mich.

»Mein Onkel ist am Montag nach Santiago gefahren«, sagte sie, noch bevor ich meine Tasche ins Haus getragen hatte.

Doña Ángela hatte zwei Söhne in Santiago del Estero: Silvio und Angélico. Angélico züchtete Schweine und schickte regelmäßig so viele Paprikawürste, dass Doña Ángela einen Teil an Virulana weitergeben musste, damit er sie in seinem schwimmenden Laden für sie verkaufte. Angélico schlachtete immer mit einer Clique von Freunden aus verschiedenen Provinzen des Landes – laut Doña Ángela alles Nichtsnutze und Säufer –, die ihn ein- oder zweimal im Jahr besuchten und sich mehrere Tage bei ihm einquartierten, bis alle Paprika- und Blutwürste fertig waren. Es gab nur ein Problem, hatte Carmen mir erzählt: Sie kamen dabei so in Fahrt, dass sie gar nicht mehr aufhören konnten und sich, wenn Angélicos Schweine alle waren, in der Nachbarschaft Nachschub holten, und mehr als einmal landeten sie im Gefängnis oder im Krankenhaus, weil sich die Nachbarn wehrten. Tordo besuchte seine Brüder mehrmals im Jahr, aber diesmal hatte er kein Wort davon gesagt, dass er eine Reise nach Santiago plante. Carmen zufolge war sein plötzlicher Aufbruch sehr verdächtig.

Sie hatte mir den Arm über die Schultern gelegt, und jetzt senkte sie die Stimme.

»Niemand hat die Ungarin zurück in die Stadt fahren sehen.«

Ich half meinen Eltern, die Sachen ins Haus zu tragen, dann gingen wir ins Bambusdickicht. Die Luft da drinnen war kühl, und es roch feucht.

»Es ist sehr schwer, das perfekte Verbrechen zu begehen«, sagte Carmen. »Wir müssen Nachforschungen anstellen.«

Die Selbstverständlichkeit, mit der Carmen davon auszugehen schien, dass ihr Onkel zu einem Mord fähig war, hat mich nie stutzig gemacht; wir sollten bloß herausfinden, was passiert war, und wieder einmal fügte ich mich ihren Anweisungen.

Es war schon zu spät, um noch zum Haus der Ungarin zu fahren, also nahmen wir es uns für den nächsten Tag vor, aber bis zum Abendessen setzten wir uns ins Boot und malten uns aus, wie die Ungarin gestorben war.

Für Carmen stand fest, dass sie erwürgt worden war.

»Ihr Arm hängt über den Bettrand, die Hand ist

offen, und die Finger werden schon blau. Er hat ihr nicht einmal die Augen zugedrückt, bevor er gegangen ist«, sagte sie mit der schleppenden Stimme einer Wahrsagerin. »Irgendwann in Santiago wird ihm klarwerden, was er getan hat, und dann lässt er sich volllaufen.«

Carmen sagte, die Erwachsenen tränken Alkohol, um ihre Trauer hinunterzuspülen, aber wenn sie später einmal traurig wäre, würde sie nichts trinken, sie wollte die Traurigkeit erforschen. Das hörte sich an, als wäre diese Traurigkeit ein richtiger Ort, so wie der winzige Seitenarm des Desaguadero, in den wir immer mit dem Boot zu kommen versuchten, der aber zu dicht bewachsen war.

Bestimmt beeinflusst von meinem Albtraum stellte ich mir die Ungarin erstochen vor. Wenn ich sie mir tot vorstellte, wurde mir ganz mulmig. Es erregte uns, vom Tod zu sprechen, aber eins stand für uns beide fest: Tordo würde es bereuen.

Zu Hause erzählte ich von all dem nichts. Ich hatte immer das Gefühl, Mama konnte alles erraten, was ich ihr zu verheimlichen versuchte. Bevor sie also Verdacht schöpfte, sagte ich, ich hätte Bauchweh, und ging ohne Abendessen ins Bett. Wenn Tordo die Ungarin wirklich getötet hatte, brachte Mama es ohne weiteres fertig, die Polizei anzurufen. Vor dem Einschlafen überlegte ich, ob ich es schaffen würde, die Polizei anzulügen.

Ich war keine gute Lügnerin. *Wer ungefragt viel erklärt, macht sich verdächtig*, sagte Mama immer. Wenn ich etwas zu verheimlichen versuchte, gab ich immer zu viele Erklärungen ab und flog auf, also entschied ich mich meistens dafür, die Wahrheit zu sagen.

An diesem ganzen Abend hatten sich dicke Gewitterwolken am Himmel zusammengezogen, und am nächsten Tag, auf dem Weg zum Haus der Ungarin, sah es aus, als würde es gleich einen Wolkenbruch geben. Sobald das Haus zwischen den Bäumen hervorschimmerte, spürte ich, dass ich zum zweiten Mal dasselbe erlebte. Das Bild der Küsse inmitten der Bücher war allerdings von einem viel brutaleren abgelöst worden. Der weiße Körper der Ungarin und ihr Weinen waren zu einer Art fixe Idee für mich geworden, und nun, als das Boot in den Abzweig einbog, mischte sich das, was ich gesehen hatte, mit meiner Vorstellung vom Tod, und es kam mir vor, als wäre alles ein und dasselbe.

Als wir im Garten der Ungarin an Land gingen, wurde es auf einen Schlag dunkel, und ein eisiger Wind peitschte die Baumkronen. Das Grün im Garten hatte etwas Übernatürliches, und die weißen Blüten des Königsjasmins hoben sich hell gegen den bleigrauen Himmel ab, als würden sie von innen heraus leuchten.

Carmen hatte einen Hausschlüssel, und wir gingen durch die Küchentür rein. Draußen tobte weiter der

Wind, irgendwo im Haus klapperte ein Fenster oder ein Fensterladen. Lautes Donnern ließ uns zusammenzucken, und auf einmal roch es im Haus nach Erde. Plötzlich brach mit ohrenbetäubendem Prasseln der Regen los.

Das Bett der Ungarin war nicht gemacht, und auf den zerwühlten Laken lagen Kiefernnadeln, die der Wind durchs offene Fenster hereingeweht hatte. Die Schranktür war angelehnt, ein rosageblümtes Kleid war auf die Schuhe gefallen und hing heraus, bis auf den Boden.

Carmen machte das Fenster zu, sah unter dem Bett nach, zog die Laken ab und legte sie auf einen Stuhl.

»Keine Blutspuren«, sagte sie und hängte das Kleid auf.

Sie ging weiter durchs Haus, und ich folgte ihr, wobei ich auf jedes Geräusch achtete und mir ein bisschen unnütz vorkam. Im Wohnzimmer war die kleine Vase vor dem Foto umgekippt, und die Blumen lagen in der Pfütze.

»Das ist gerade erst passiert«, sagte Carmen.

Sie brachte alles in Ordnung, bestimmt so wie immer, wenn sie unter der Woche herkam. Der Vater der Ungarin, der zwischen den Tauben stand und seinen Mantel überm Arm trug, hatte buschige Augenbrauen und ganz kurzes Haar. Der leicht zurückgeworfene Kopf und sein im Verhältnis zum Unterkiefer zu kleiner Mund sagten mir, dass dieser Mann voller Verachtung gegen die Welt war, vielleicht sogar grausam. Die Mutter der Ungarin sah mit ihrer Vierzigerjahre-Frisur, dem schräg sitzenden Hut und den zusammenstehenden Augen aus wie eine verfolgte Maus. Das sagte ich zu Carmen.

»Der Schein trügt«, erwiderte sie.

Als wir uns abwandten, spürte ich ihre Blicke im Rücken. Ein Schlag aufs Dach bewirkte, dass ich Carmen am Arm packte.

»Da ist bestimmt ein Ast abgebrochen«, sagte sie.

Sie klang ruhig, griff aber nach meiner Hand, und so liefen wir weiter durchs Haus, eng beisammen und Hand in Hand. In dem kleinen Raum mit dem Stromgenerator ließ Carmen mich los und legte den Finger an die Lippen. Ich ließ einen jammernden Ton hören. Sie sah mich an, sagte aber nichts. Dann nahm sie wieder meine Hand. Ich glaube, in einer anderen Situation hätte sie gesagt, ich solle im Boot auf sie warten. Mit meiner Feigheit hatte sie nicht viel Geduld.

Der Sturm ließ nach, als wir unterm Haus nachsahen, im Halbdunkel unter der Galerie, wo wir einen Eimer ohne Henkel und ein paar leere Flaschen fanden. Vorher hatten wir uns die Schuhe ausgezogen, und der kalte Schlamm schob sich zwischen meine Zehen. Wasser tropfte in die Pfützen, auf die Blätter, auf das Holz über unseren Köpfen. Die Welt begann zu trocknen, und wir suchten die Spuren eines Verbrechens. Ich weiß nicht, was wir zu finden hofften – Carmen war diejenige, die angeblich wusste, was wir taten –, aber nach einer Weile entschied sie, wir sollten in die Küche gehen und Mate trinken.

»Um zu überlegen, wie wir weiter vorgehen wollen«, sagte sie.

Der Zettel lag auf der Arbeitsfläche, unter der Zuckerdose.

Er war mit schwarzem Kugelschreiber geschrieben, und hinten waren mehrere Geldscheine drangeheftet.

Liebe Carmen: Hier ist das Geld für den nächsten Monat. Schließ das Haus gut ab und vergiss nicht, jede Woche frische Blumen hinzustellen. Ich kann in nächster Zeit nicht kommen, aber ich vertraue darauf, dass du das Haus so gut in Ordnung hältst wie bisher. Viele Grüße. Die Unterschrift der Ungarin war unleserlich, auch weil sie offenbar mit dem letzten Tropfen Tinte geschrieben war.

Carmen sah sich den Zettel ganz genau an.

»Sehr verdächtig«, sagte sie, »sie hat bisher noch nie gesagt, was ich tun soll.«

»Und? Was ist daran verdächtig?«

»Kein Mensch wird von einer Sekunde auf die andere großzügig.«

Mir kam der Zettel normal vor, und ich hätte die ganze Sache nicht länger komisch gefunden, wenn

Carmen nicht darauf beharrt hätte. »Diesen Zettel kann genauso gut mein Onkel geschrieben haben«, sagte sie, als wir wieder zurückruderten.

9

Während der Rückfahrt blieben wir fast die ganze Zeit stumm. Ich überlegte, ob Doña Ángela wohl die Schrift ihres Sohnes erkennen würde und wie man ihr den Zettel zeigen konnte, ohne Verdacht zu wecken, vielleicht nur ein paar Zeilen, damit sie nicht zu viele Fragen stellte. Doña Ángela war kein neugieriger Mensch, aber man konnte einfach nicht wissen, wie sie reagieren würde. Sie hatte immer Angst, die Leute, die nur am Wochenende kamen und ab und zu kleine Aufträge für sie hatten, würden wegbleiben und die Häuser leerstehen. Bei der Lage der Dinge, sagte sie immer, reichte das Geld sowieso kaum, und sie konnte zu all ihren Sorgen nicht auch noch die Befürchtung gebrauchen, dass ihre Kunden, wie sie sie nannte, vergaßen, sie zu bezahlen, oder sich entschlossen, ihre Häuser zu verkaufen, wenn sie sie nicht mehr nutzten. Wenn wir ihr den Zettel zeigten, würde sie unruhig werden.

Ich wollte Carmen gerade von meinen Überlegungen erzählen, da startete etwa hundert Meter vor der Spitze der Mittelinsel plötzlich ein Motorboot durch, und wir sahen an der Stelle, wo bis eben noch das Boot gewesen war, das Köpfchen eines Hundes schwimmen.

»Diese Mistkerle, sie haben ihn in den Fluss geworfen!«, rief Carmen und begann, kräftig auf den Hund zuzurudern.

Doña Ángela hatte uns von Städtern erzählt, die ihre Hunde loswerden wollten und sie einfach in den Fluss warfen. Einer von Virulanas Hunden war so einer, er war am Weihnachtsmorgen an der Anlegestelle aufgetaucht, so ausgehungert und erschöpft vom Schwimmen, dass sie ihn Lázaro getauft hatten. Aber zu sehen, wie das Boot davonfuhr und das schwarz-weiße Köpfchen des Hundes zurückließ, der bald unserer sein sollte, das fanden wir so empörend wie bisher kaum etwas in unserem Leben. Unsere Neugier, was aus der Ungarin geworden war, wurde verdrängt von der Ungeduld, den Hund zu retten, der orientierungslos im Kreis schwamm, so tapsig, dass wir schon von weitem vermuteten, dass es sich um einen Welpen handelte.

Sobald wir in seiner Nähe waren, schwamm er auf uns zu und stieß an die Seitenwand des Boots. Er bellte ein paarmal heiser und kratzte am Holz, um hinaufzukommen. Carmen ließ die Ruder los, und gemeinsam packten wir ihn und zogen ihn aus dem Fluss. Als er im Boot stand, schüttelte er sich wenig begeistert das Wasser aus dem Fell und rollte sich mit halbherzigem Schwanzwedeln am Boden zusammen, als wisse er nicht recht, was er denken oder tun solle. Als wir ihn am Steg heraushoben, winselte er zuerst, beruhigte sich dann aber wieder. Ich hatte noch nie einen so süßen Welpen gesehen.

»Das ist der schönste Welpe, den ich je gesehen habe«, rief Marito, der sofort herbeigelaufen war, als er uns kommen sah.

»Er heißt Bartolo«, sagte Carmen.

Es war wirklich so, als hätte der Name auf einem der schwarzen Flecken auf seinem Rücken gestanden. Er konnte einfach nicht anders heißen. Als Carmen ihn taufte, lief er zu ihr und rieb sich an ihrem Bein. Sie kraulte ihn hinter den Ohren.

»Er hat bestimmt Hunger«, sagte sie. »Kommt, wir machen ihm was zu essen.«

Wir gingen aufs Haus zu, da tauchte Lucio auf, er kam mit schwankenden Schrittchen auf uns zu und sagte etwas in seiner Sprache, die Carmen immer zur Verzweiflung brachte. Ein Schwall Ms und Ls mit ganz wenig Vokalen, mit dem er aber alles zum Ausdruck brachte, was er mitteilen wollte. Uns allen kam es so vor, als wäre es diesmal eine Begrüßungsrede, und Bartolo ließ sie mit begeistertem Schwanzwedeln über sich ergehen.

»Bar-to-lo«, sagte Carmen, die jede Gelegenheit nutzte, um Lucio das Sprechen beizubringen.

Lucio sah sie an, wie er sie immer ansah, wenn sie die Wörter in Silben trennte. Es war ein kluger, ein wenig spöttischer Blick. Er holte tief Luft.

»Bartolo«, sagte er.

Marito lachte schallend. Seiner Meinung nach konnte Lucio durchaus sprechen und tat es nur deshalb nicht, weil er eine Theorie beweisen wollte, die er später noch verfeinern würde, etwas, das laut Marito mit echter Kommunikation zu tun hatte, die quasi per Osmose funktionierte.

Carmen umarmte Lucio, und er belohnte sie mit einem weiteren kurzen Schwall Ms und Ls, wie um ganz deutlich zu machen, dass die Tatsache, dass er »Bartolo« sagen konnte, ganz richtig und sogar mit rollendem R, nicht bedeutete, dass er bereit war, auch sonst so zu sprechen. Es bedeutete auch nicht, dass er sie jetzt nicht mehr Mama nannte, sooft sie ihm auch das Foto seiner Mutter zeigte und ihm sagte, sie sei nicht seine Mama. Am Ende seiner Ansprache nahm Lucio ihr Gesicht zwischen die Hände.

»Mama«, sagte er und gab ihr einen Kuss auf die Nase.

Marito und ich lachten.

»Komm, Bartolo«, sagte Carmen, »ich glaube fast, es ist leichter, dir das Sprechen beizubringen als diesem Dickschädel.«

Dann gingen wir in die Küche, um unserem neuen Hund etwas zu kochen.

10

Von diesem Tag an waren Lucio und Bartolo unzertrennlich. Um Lucio zu finden, brauchte man nur nach Bartolo zu rufen und der Richtung des Bellens zu folgen, und wenn sie im hinteren Teil der Insel steckten, wartete man eben, bis man Bartolo sah, der große Sprünge machte und über dem hohen Gras auftauchte und verschwand wie ein riesiger Hase. Lucio folgte ihm mit einem Bambusstock, den Tordo für ihn zurechtgeschnitten hatte und den er nach rechts und links schwang, als wäre er eine Machete.

In diesem Winter – ziemlich früh, fanden Carmen und ich – hatte Marito mit dem angefangen, was er Lucios Erziehung nannte, genau so, wie er selbst von Tordo erzogen worden war. Da Lucio noch nicht alt genug war, um lesen und schreiben zu lernen, hatte Marito mit den ersten Stunden Angeln und Schwimmen angefangen und plante den Schreibunterricht für das folgende Jahr. Marito war ganz versessen darauf, seinem kleinen Bruder Lesen und Schreiben beizubringen. Er hatte angefangen, ihm vorzulesen, als Lucio noch kein Jahr alt war. Mit der Ankunft von Bartolo musste er einen neuen Schüler in den Unterricht einbeziehen. Frühmorgens stiegen alle drei ins Boot, ruderten zur Mittelinsel und vertäuten es an dem Ast, der von einem umgestürzten Baum an der Inselspitze aus dem Wasser ragte. Kurz darauf saßen Lucio und Bartolo im Heck, den Blick fest auf die kleine rote Boje gerichtet, während Marito laut vorlas. Einmal brachte ein Insektenstich alle drei in Aufruhr: Bartolo bellte und lief vom einen Ende des Boots zum anderen, Lucio begann zu schreien, Marito ließ das Buch fallen, und das Boot schaukelte wie eine Nussschale; bei so viel Aufregung und Geschrei gab es niemanden am ganzen Flussarm, der nicht mitbekam, dass Lucio gestochen worden war. Das Erstaunlichste war, dass nicht alle drei im Wasser landeten.

Unter der Woche, wenn Marito und Carmen in der Stadt zur Schule gingen, blieb Lucio bei Doña Ángela. Wie sie erzählte, saßen er und Bartolo den ganzen Tag an der Anlegestelle und blickten in die Richtung, aus der um sechs Uhr abends die Fähre auftauchte, die Marito und Carmen zurückbrachte, als stünde das Leben still, wenn seine Geschwister fort waren, und ginge erst am Abend weiter, wenn sie wieder da waren. Ich glaube, das war der Grund, warum keiner von beiden in der Stadt wohnen wollte, bis ihnen nichts anderes mehr übrigblieb.

An einem Sonntag kam Marito zu uns, um mit Papa zu reden. Als ich ihn gegen Mittag frisch geduscht und in seiner besten Hose auftauchen sah, wusste ich, dass er ein wichtiges Anliegen hatte. Papa und Mama saßen am Steg und nahmen einen Aperitif, und ich war zu ihnen gegangen, um einen Teller mit Käsewürfeln und Oliven zu füllen und ins Bambusdickicht mitzunehmen, wo Carmen mir von einer Liebesgeschichte zwischen zwei ihrer Mitschüler erzählen wollte.

Als ich Marito kommen sah, setzte ich mich hin, um mitzuhören. Er sah mich nicht mal an, als koste es ihn furchtbar Mühe, sich zu konzentrieren. Er wandte sich an Papa.

»Ich muss mit Ihnen reden«, sagte er.

Papa deutete einladend auf einen Stuhl. Marito rührte sich nicht. Er stand vor ihm, die Arme seitlich an den Körper gepresst, und es sah sogar so aus, als hielte er die Luft an.

»Ich würde gern an der Technischen Universität in Buenos Aires studieren«, sagte er.

Papa blieb stumm.

»Ich will mir eine Arbeit suchen, um mein Studium und ein Zimmer zu bezahlen, aber bis ich eine finde, wollte ich Sie um Ihre Hilfe bitten.«

Marito sah Papa in die Augen und sagte alles in einem Zug, fast ohne Luft zu holen.

Papa sah Mama an.

»Das müssen wir uns überlegen«, sagte er.

Marito blieb stehen, wo er war.

»In Ruhe«, sagte Papa.

Marito rührte sich nicht.

»Die nächsten Tage.«

»Die Immatrikulationsfrist endet diese Woche«, sagte Marito.

»Du hättest nicht bis zum letzten Moment warten dürfen«, sagte Mama.

»Ich habe nicht bis zum letzten Moment gewartet. Mein Vater hat mir versprochen, dass er eine Arbeit für mich findet, aber vor zwei Wochen ist er verschwunden.«

»Wie – verschwunden?«, fragte Mama.

Papa sah sie missbilligend an. Wir wussten alle, dass Maritos und Carmens Vater trank und immer wieder einfach verschwand.

»Vielleicht musste er verreisen«, sagte Marito so leise, dass es fast nicht zu hören war.

Ich nickte, um ihm Mut zu machen. Papa lehnte sich mit einem Seufzer im Sessel zurück und trank einen Schluck von seinem Gin Tonic. Die Eiswürfel stießen gegen das Glas. Mama spießte ein Stückchen Käse auf und ließ den Zahnstocher kreisen, als hätte sie nicht die Absicht zu essen. Keiner von beiden sah Marito an.

»Ich gebe ihm mein Taschengeld«, sagte ich.

Es kam mir so vor, als wollte Marito etwas sagen, aber er sah mich nur an. Ich konnte seinen Blick nicht deuten.

»Wie ich sehe, habt ihr beide schon über das Thema gesprochen«, sagte Mama.

»Nein. Alma wusste nicht, dass ich Sie um Hilfe bitten würde«, sagte Marito.

Papa sah auf seine Uhr.

»Gleich gibt's Mittagessen«, sagte er. »Wir melden uns heute Abend bei dir.«

Marito blieb noch einen Moment, dann drehte er sich um und ging. Ich lief hinter ihm her, holte ihn ein, bevor er über die Hängebrücke ging. Er hatte schon einen Fuß auf das erste Brett gesetzt, als ich ihn am Arm berührte. Er drehte sich um. Die Sonne, die zwischen dem Bambus hindurchschien, malte ihm Licht und Schatten ins Gesicht. Seine Augen glänzten.

»Sie sagen bestimmt ja. Sie streiten bloß immer über die Ausgaben und wem das Geld gehört und so«, sagte ich.

Ich hatte das Gefühl, Marito hätte am liebsten losgeheult.

»Ich hab nicht mal was, das ich verkaufen kann«, sagte er.

»Sie sagen bestimmt ja, Marito«, beharrte ich.

Ich klang nicht so überzeugt, wie ich es gewollt hätte. Er drehte sich um und rannte davon.

Beim Mittagessen redeten Mama und Papa über alles Mögliche andere, und als ich sie danach fragte, sagten sie, das müssten sie sich überlegen. Später, als sie im Sommersalon Kaffee tranken, einem kleinen Raum mit Fliegengittern, der im Schatten der Eichen lag und im Sommer immer schön kühl war, hörte ich sie über das Thema reden. Ich setzte mich unters Haus, um zu lauschen, verstand aber nur ab und zu etwas, wenn einer von beiden die Stimme hob oder die Grillen alle gleichzeitig still waren. Papa schien bereit, Marito das Geld zu geben. Er wirkte zwar nicht begeistert, aber ich schloss es aus einigen Satzfetzen, die ich hören konnte. Wer nichts davon wissen wollte, war Mama. Wie immer, wenn sie unterschiedlicher Meinung waren, wurde ihre Stimme lauter und die von Papa leiser. Irgendwann bekam ich nicht mehr mit, welche Argumente er vorbrachte; Mama schrie am Ende jedes Mal, und alles, was sie ihm vorwarf und über Dinge sagte, die er ihr in der Vergangenheit angetan hatte, klang ähnlich, selbst wenn die Anlässe ganz unterschiedlich waren.

»Schließlich können wir nicht für ihn sorgen, als wäre er unser Sohn«, sagte Mama gerade.

Ich lief ins Haus und stellte mich vor sie. Ich schnappte nach Luft. »Marito ist ein Genie, er weiß ganz viel, er merkt sich alles, was er liest«, stieß ich hervor. »Er will unbedingt studieren, mehr als alle anderen Freunde von mir.«

Papa stellte die Kaffeetasse auf den Tisch und sah mich merkwürdig an.

»Er hilft mir immer bei den Hausaufgaben«, fügte ich hinzu.

»Weiß ich ja, Alma«, sagte Papa.

»Die Frage ist, über wie viel Geld im Monat wir reden«, sagte Mama. »Wir sind nicht reich.«

Darüber hatte ich noch nie nachgedacht, aber ich wusste, dass wir reicher waren als Doña Ángela und als Tordo und sogar reicher als Virulana. Mama arbeitete nicht, wir hatten dieses Haus und eine Wohnung in Buenos Aires. Ich fuhr in einem Bus zur Schule, der nur für die Kinder dieser Schule war. All das dachte ich, bevor Papa sich vom Sessel erhob.

»Ich gehe meditieren«, sagte er, so nannte er es, wenn er Siesta hielt.

»Werdet ihr ihm helfen?«

»Tja … Ich weiß nicht, ob wir drum herumkommen«, sagte Papa.

»Und dann kommt die kleine Schwester und in zehn Jahren der kleine Bruder«, sagte Mama.

»Man soll immer erst dann über die Brücke gehen, wenn man dort angekommen ist«, sagte Papa.

Das war der Lieblingsspruch meines Großvaters, und laut Mama war mein Großvater immer über alle möglichen Dinge gestolpert, weil er sie nicht hatte kommen sehen. Jetzt zuckte sie mit den Achseln.

»Mach doch, was du willst. Bei solchen Entscheidungen zählt meine Meinung ja sowieso nicht«, sagte sie. »Als würde das Geld dir allein gehören«, fügte sie leiser hinzu.

Und sie folgte ihm ins Schlafzimmer. Der Streit war an dem Punkt angelangt, auf den alle ihre Streitereien über Geld zuzulaufen schienen.

11

Gegen Abend, als wir unsere Abreise vorbereiteten, sahen wir Marito mit einer Tasche an seiner Anlegestelle stehen. Er trug ein gebügeltes weißes Hemd und die blaue Hose, die er sich Anfang des Jahres für eine Preisverleihung an seiner Schule gekauft hatte.

»Was machst du denn?«, rief ich von unserem Steg aus hinüber.

Ich kannte die Antwort, aber als ich sie hörte, fühlte ich ein großes Loch in meinem Bauch.

»Ich warte auf die Fähre«, sagte Marito.

Mama war im Haus und rief, Papa solle etwas am Generator ausschalten.

»Wieso willst du denn mit der Fähre zurück?«, fragte Papa. »Komm rüber, wir nehmen dich mit.«

Marito rührte sich nicht. Vom Río San Antonio war das Tuckern der Fähre zu hören, die gleich in unseren Flussarm einbiegen würde.

»Halt das Boot fest, ich helfe deiner Mutter«, sagte Papa.

Eigentlich wollte ich zum anderen Steg hinüberlaufen und Marito bitten, mit uns zu kommen, aber ich stieg ins Boot, um es zu sichern.

»Los, komm rüber, dann spielen wir Wasserski-Champions«, rief ich.

Die Fähre legte an der ersten Anlegestelle an der Insel gegenüber an. Ich hängte einen Fender an die Außenwand unseres Boots, damit es nicht gegen den Steg schlug, stieg aus und lief zu Marito hinüber.

Schon von der Hängebrücke aus sah ich Lucio und Bartolo ebenfalls zur Anlegestelle laufen. Als ich dort war, hatte Lucio sich um Maritos Beine geklammert und verlangte, er solle dableiben.

»Wenn ich mich um deine Knie klammere, fährst du dann mit uns?«, fragte ich.

Marito bückte sich, um Lucio hochzuheben.

»Ich muss fort, Kleiner. Pass gut auf die Oma auf.« Während er ihn wieder runterließ, sah er mir stumm in die Augen. »Du bist verrückt«, sagte er dann, griff nach der Tasche und folgte mir zu unserem Steg.

Papa war gerade dabei, einen Korb mit Hortensien ins Boot zu laden.

»Marito kommt mit uns«, sagte ich und hätte gern noch etwas hinzugefügt, wusste aber nicht, wie ich es ausdrücken sollte. Als Marito kleiner war, brauchte er, wenn er in die Stadt zurückmusste, nur am Steg auftauchen und ins Boot zu steigen. Das hätte ich gern gesagt, aber eigentlich fand ich es überflüssig.

»Na klar, wieso sollst du denn die Fähre nehmen«, sagte Papa.

»Du siehst aber elegant aus!« Mama brachte eine Stehlampe herbei, die repariert werden musste.

»Geben Sie her.« Marito nahm ihr die Lampe ab.

Mama hatte das Kabelknäuel immer noch in der Hand, als wisse sie nicht, was sie damit machen solle. Marito stellte die Lampe auf den Steg, entwirrte das Kabel, wickelte es rasch auf und zog ein Gummiband aus der Tasche, mit dem er es zusammenband. Dann lud er die Lampe ins Boot. Er hatte eine Art, sich zwischen Boot und Steg hin und her zu bewegen, die ich nicht beschreiben kann, aber während wir unsere Bewegungen auf dem Wasser immer ausgleichen mussten, schwankte er nie, als hätte er die ganze Zeit festen Boden unter den Füßen.

Wir stiegen ins Boot, er löste das Seil und stieg als Letzter ein. Ich hatte ihm Platz neben mir gemacht, in der zweiten Sitzreihe, aber er setzte sich ganz nach hinten, mit den Beinen im Hohlraum neben dem Motorkasten. Als ich ihn zu mir holen wollte, hatte er sich zum Steg gedreht und winkte Lucio zu.

Wenn wir früher zusammen in die Stadt zurückgefahren waren, hatten wir uns oft beide in den Hohlraum zwischen der hinteren Sitzreihe und dem Heck gestellt, hielten ein Seil in der Hand und spielten Wasserskifahren. Marito machte die Figuren der Champions nach. Das Wasser, das der Bootsrumpf aufwirbelte, wenn wir die Wellen der großen Schiffe schnitten, spritzte uns nass, und Marito hob dann ein Bein oder klemmte sich das Seil zwischen die Zähne und schlang sich die Arme um den Körper. Die Show endete immer gleich: Er dachte sich eine völlig lächerliche Verdrehung aus und sah mich verzweifelt an, als wüsste er nicht, wie er sie lösen sollte. Damit hatte er mich jedes Mal sehr zum Lachen gebracht.

Kaum waren wir um die Spitze der Insel gebogen, bat ich ihn, zu mir nach vorn zu kommen.

»Ja, setz dich neben Alma, heute ist viel Verkehr. Da hinten wirst du bloß nass«, sagte Papa.

Marito setzte sich tatsächlich neben mich, sein Arm drückte gegen meinen Arm, unsere Beine berührten sich über die ganze Länge. Papa gab Gas. Der Wind trieb uns Tränen in die Augen, die sich lösten, über unsere eiskalten Gesichter nach hinten liefen, sich im Haar verloren, in die Ohren gerieten. Maritos warmer Arm lag an meinem; neben meinen schlammverschmierten Turnschuhen glänzten seine Schuhe unpassend brav. In seinem bloßen Nacken lief der Haaransatz zu einer perfekten Spitze aus, ein Zeichen, so hatte Doña Ángela uns gesagt, dass nach ihm wieder ein Junge geboren würde.

»Kommst du mit in den Club oder sollen wir dich am Kindergarten rauslassen?« Papa musste schreien, um den Motorlärm zu übertönen.

»Wie es Ihnen besser passt«, sagte Marito.

Der Kindergarten war fünf Minuten vom Bootsclub entfernt. Papa legte am Steg an.

»Werdet ihr ihm helfen?«, fragte ich, als Marito ausstieg.

»Ist schon okay«, sagte Marito. »Mein Vater hat mir eine Arbeit besorgt.«

»Wir reden nächstes Wochenende«, sagte Papa. »Aber du kannst auf uns zählen.«

»Ein bisschen können wir dich schon unterstützen«, fügte Mama hinzu, und der gönnerhafte Ton in ihrer Stimme störte mich mehr als ihre harte Reaktion am Mittag.

Marito nickte. Das Angebot kam zu spät.

»Viel Glück mit der Arbeit!«, rief ich ihm nach.

Und ich sah ihn davongehen mit dem absurden Gefühl, dass er mir für immer den Rücken kehrte.

12

Seit die Ungarin verschwunden war, brachte Tordo Carmen jeden Monat einen Brief, der fast genauso lautete wie der, den wir unter der Zuckerdose gefunden hatten. An den Zettel war immer ihr Monatslohn geheftet, und im Nachsatz stand unterstrichen, sie solle die Blumen für ihren Vater nicht vergessen. Ich fragte mich, wozu sie eigentlich ein Foto von beiden Eltern genommen hatte, wenn die Blumen nur für den Vater gedacht waren, aber gleichzeitig konnte ich gut verstehen, dass die Ungarin keine Lust hatte, der Frau mit dem Mäusegesicht Blumen hinzustellen.

»Vielleicht ist sie ja gar nicht ihre Mutter«, sagte ich einmal, als wir zum Haus der Ungarin ruderten, um eine frisch geschnittene Hortensie in die Vase vor dem Foto zu stellen.

»Sie ist die Mutter«, sagte Carmen. »Ein Mann mit so einem Gesicht heiratet nicht zweimal.«

Sie war nicht dazu zu bringen, mir zu erklären, was für ein Gesicht ein Mann hatte, der mehr als einmal heiratet. Und ich konnte mir auch nicht vorstellen, wo sie so viele Männer gesehen hatte, um diesen Schluss zu ziehen.

Immer wieder kam Carmen auf ihre Verbrechenstheorie zurück. Sie fand es nach wie vor verdächtig, dass die Briefe immer von ihrem Onkel gebracht wurden und die Ungarin nie mehr auf die Insel kam. Wenn sie einen neuen Anfall von Misstrauen hatte, fuhren wir wieder los auf der Suche nach Beweisen, nach etwas, das wir übersehen hatten. Carmen zog gern das Kleid mit den rosa Blumen an und setzte sich auf das Bett der Ungarin, sie glaubte nämlich, wenn der Spiegel sie so angezogen sah, würde er ihr etwas mitteilen. Mich erschreckte der Gedanke, der Spiegel könne etwas anderes zeigen als das, was um mich herum war. Ich setzte mich also solange auf den Boden, an die Wand gelehnt, und vermied es, Carmen oder den Spiegel anzusehen. Der durchgebogene Rücken der Ungarin, ihr Blick an jenem Nachmittag, diese Bilder ließen mich nicht los. Durch das Binsenrollo warf die Sonne Streifen auf die gegenüberliegende Wand, und draußen war manchmal das Flügelschlagen eines Kolibris zu hören, der unter der Blende des Galeriedachs sein Nest baute.

Dann fing die Binsenernte an, und Carmen vergaß ihren Verdacht, oder zumindest erwähnte sie ihn erst einmal nicht mehr. Jetzt drehte sich bei ihr alles darum, sich bei den Inselbewohnern blicken zu lassen und zu signalisieren, dass sie helfen wollte. Sie hatte sich um die Erlaubnis bemüht, mit einer Machete ins Wasser zu gehen und zusammen mit den Männern zu arbeiten, aber da sie sie nicht ließen, musste sie andere Wege finden, sich nützlich zu machen.

Die Inselbewohner schnitten die Binsen von einer Sandbank in der Mündung, genau gegenüber vom Haus der Ungarin, auf der anderen Seite des Abzweigs. Als kleines Mädchen war ich manchmal mit Papa hingefahren, um ihnen kalten Matetee oder Bier zu bringen. Ich erinnerte mich noch genau an ihre Oberkörper und Arme, die mit blutgefüllten Moskitos bedeckt waren, den Schweiß, der ihnen in die Augen lief, wenn sie den Kopf hoben, um das Getränk entgegenzunehmen, Chicos Geruch nach Alkohol und seinen glasigen Blick. Wenn ich heute daran zurückdenke, wie ich in einer Wolke von Moskitos zwischen ihnen hindurchgehe, weiß, sauber, wie eine kleine Prinzessin, zehn Jahre alt und stolz darauf, so viel Gutes zu tun, löst dieses Bild dumpfe Beschämung in mir aus.

Aus verschiedenen Gründen machen mich die Erinnerungen an diesen Januar mit Carmen auch nicht unbedingt glücklich. Ich war gerade vierzehn geworden, und Carmen war schon fünfzehn. Während mein Körper nach wie vor keine großen Fortschritte machte, hatte sie sich verwandelt, sie bewegte sich sogar anders, als ob sich die Rundungen ihres Körpers auf ihre Bewegungen auswirkten. Wir packten eine Kühltasche mit Getränken voll und ruderten zur Mündung.

Als wir dort waren, überließ Carmen mir die Ruder, stellte sich mit der Kühltasche ans Heck und verteilte die Getränke. Sie verhielt sich, als serviere sie in einem Lokal: Sie lachte, warf das Haar von einer Seite auf die andere, streckte sich, um den Männern die Gläser zu reichen. Ihre braungebrannten Beine glänzten vor Schweiß, und unter der Bluse zeichneten sich ihre Brüste ohne BH ab. Ich bemerkte die begehrlichen Blicke der Männer, die Spannung, die durch ihre bloße Anwesenheit entstand. Ich fühlte mich unsichtbar, todunglücklich.

Seit neuestem fuhren Marito und sie zu den Tanzveranstaltungen im Club Felicaria irgendwo im Delta, zu denen meine Eltern mich nicht mitgehen ließen. Dann kamen sie Sonntagmorgens mit der Fähre um acht zurück, oft übernächtigt, und ich musste mir anhören, wem Marito diesmal wieder den Kopf verdreht hatte. Carmen behauptete, alle Mädchen seien in ihn verliebt. Meine einzigen Freunde waren dabei, sich von mir zu entfernen.

Unter der Woche versuchte ich Maritos Gesicht in meinem Tagebuch festzuhalten. Ich zeichnete es und radierte es wieder aus und zeichnete es noch mal, und am Ende riss ich die Seiten raus, verärgert, weil meine Zeichnungen ihm einfach nicht so sehr ähnelten, wie ich es gern gehabt hätte. Die, die mir gut gelangen, klebte ich ins Tagebuch. Abends, wenn ich schon im Bett lag, betrachtete ich ein Foto, auf dem er Arm in Arm mit Tordo zu sehen war und eine Goldbrasse in die Kamera hielt, die den Vordergrund einnahm und als Einziges scharf war. Aber sein verschwommenes Gesicht war das Letzte, was ich vor dem Einschlafen sah, und das machte mich glücklich. Auf der Insel merkte ich, dass ich ihm nicht überallhin nachlaufen konnte wie ein Schoßhündchen, irgendwann würde es bestimmt allen auffallen, wenn ich ihn ständig anstarrte. Wenn er nicht da war, konnte ich nicht stillhalten. Ich ging von uns zu Doña Ángela rüber und wieder zurück, setzte mich an ihren Steg, dann an unseren, dann wieder an ihren. Sobald ich mit Carmen irgendwohin ging, wollte ich am liebsten gleich wieder zurück. Wenn Marito angelte, suchte ich mir ein Plätzchen und beobachtete ihn von weitem. Ich wusste nicht, ob Carmen merkte, was mit mir los war. Um mich selbst zu quälen, sagte ich mir manchmal, sie weiß ganz genau, was ich fühle, und hält bloß den Mund, damit sie mir nicht sagen muss, dass das völlig daneben ist, dass ich bei ihrem Bruder keine Chancen habe.

In diesem Winter bekam ich zum ersten Mal eine Einladung zu einer Party. Mama brachte mich zu einer Schneiderin, die mir einen langen Rock aus blauem Kordsamt nähte, und eine ihrer Freundinnen lieh mir eine Stoffbluse mit Puffärmeln.

Als ich die Wohnung betrat, in der die Party stattfand, stieß ich als Erstes auf drei der Jungs, die meinen Mitschülerinnen schlaflose Nächte bereiteten. Sie saßen am Eingang auf einem Polstersessel, als erwarteten sie einen Kniefall von allen Mädchen, die vorbeikamen (das dachte ich zumindest, damals wusste ich noch nicht, dass andere auch unsicher waren). Dem ersten, einem Blonden, dessen glatte Ponysträhnen sein eines Auge verdeckten, trat ich auf den Fuß, dem zweiten gab ich einen überstürzten Begrüßungskuss, bei dem unsere Wangenknochen zusammenprallten, beim dritten betete ich, er möge vorerst der Letzte sein. Drinnen, im Wohnzimmer, merkte ich, dass die anderen Mädchen alle ganz anders angezogen waren als ich. Ich kam mir vor wie eine mittelalterliche Prinzessin auf einer Hippiefete. Ich ging zu einem Tisch, auf dem Platten mit Schnittchen standen, und griff zu. Als ich mir gerade das zweite in den Mund schob, fiel mir auf, dass die anderen Mädchen nicht aßen, sondern an der Wand lehnten und taten, als würden sie nicht merken, dass die Jungs, die sehr wohl etwas zu essen in der Hand hatten, sie ansahen und sich ihre Tanzpartnerinnen aussuchten. Ich zog mich vom Tisch zurück und stellte mich zum Warten zwischen meine Mitschülerinnen, schaffte es aber nicht, mich zu unterhalten und gleichzeitig zu ignorieren, dass ich taxiert wurde. Aus den Augenwinkeln sah ich nach den Jungs, die irgendwann wie auf ein geheimes Zeichen hin alle gleichzeitig auf uns Mädchen zukamen. Meine Mitschülerinnen wurden eine nach der anderen zum Tanzen aufgefordert. Die Stelle, wo sich vor ein paar Minuten noch alle gedrängelt hatten, wurde immer leerer, und ich spürte die Wand hinter mir so groß werden wie eine Kinoleinwand, extra für mich, damit alle sehen konnten, wie allein ich war. Die wenigen anderen Mädchen, die auch übrig geblieben waren, gingen durch den Flur in den hinteren Teil der Wohnung. Diejenigen, die aufgefordert worden waren, tanzten, unterhielten sich mit ihren Partnern, lachten. Ich stand ganz aufrecht da, bestimmt hatte ich den Kopf leicht in den Nacken gelegt, eine Angewohnheit, die ich Jahre später auf Fotos aus der Zeit entdeckte und die ein Versuch war, so zu tun, als würde mir nichts etwas ausmachen. Irgendwann ging ich auch durch den Flur. In einem Raum mit Rosentapete und einem Bronzebett voller Jacken und Handtaschen unterhielten sich die Mädchen aus meiner Klasse, die kein Glück gehabt hatten. Da wollte ich nicht bleiben. Mit hocherhobenem Kopf und einem Grummeln im Bauch ging ich ins Wohnzimmer zurück, bahnte mir einen Weg zwischen den Tanzenden hindurch und trat auf den Balkon. Am anderen Ende, wo es schummrig war, standen mehrere knutschende Pärchen. Der Boden reflektierte das wechselnde Licht im Wohnzimmer, in dem es plötzlich viel dunkler geworden war. Ich kehrte an meinen Platz an der Wand zurück. Wie auf einer schwarzen Bühne füllte sich die Tanzfläche mit weißen, fluoreszierenden Hemden; das Lächeln der Tanzenden schien in der Luft zu schweben. Der Blonde mit dem langen Pony ging mit einer meiner Mitschülerinnen im Arm an mir vorbei. Er sah mich kurz an und legte eine Hand auf den Mund, um sein Gelächter zu verbergen, das ich ganz genau hören konnte. Dann sagte er etwas zu meiner Mitschülerin. Sie waren schon an mir vorbei, da drehte sie sich nach mir um und begann zu lachen. Unter meiner altmodischen Bluse ragte mein leerer weißer BH wie eine seltsame Marionette in die Luft. Ich bedeckte mich mit den Armen und ging wieder in den Flur. Ich wollte nicht im Wohnzimmer bleiben, aber auch nicht ins Schlafzimmer oder auf den Balkon zurück. Ich hatte nur einen Wunsch: weit weg zu sein, bei Carmen. Dabei würde ich noch eine ganze Woche warten müssen, bis wir wieder auf die Insel fuhren.

Als Mama mich abholen kam, erklärte ich ihr, ich würde nie wieder auf so eine Partys gehen.

»Ich will mit Carmen in den Club Felicaria«, sagte ich zu ihr.

»Das ist doch lächerlich«, erwiderte sie. »Was willst du denn bei einer Tanzveranstaltung von armen Leuten?«

Ich sagte ihr, es sei mir egal, wenn da arme Leute waren.

»Aber denen ist es nicht egal«, entgegnete sie.

»Du hast doch keine Ahnung.« Ich drehte das Gesicht weg, damit sie mich nicht weinen sah.

13

Im Winter wird der Fluss grau. Das Wasser ändert seine Farbe und verliert den rötlichen Ton, den es im Sommer hat, aber vor allem heben sich die kahlen Weiden und Eichen, die Pappeln, die Amberbäume und sogar die Kasuarinen nicht mehr vom Fluss ab, die Landschaft wird eintönig und still. In diesen Monaten war die Feuchtigkeit in unserem Haus zu spüren. Wenn wir es freitags aufschlossen, drang die Kälte sofort bis in die Knochen, und beim Schlafengehen waren die Leintücher klamm, als hätten sie bis kurz vorher im Garten im eiskalten Tau gelegen. Doña Ángelas Haus hingegen blieb dank des Holzherds warm, und obwohl Mama immer über den süßlichen Geruch stöhnte, der in meinen Kleidern und meinem Haar hing, wenn ich bei meinen Freunden gewesen war, verbrachte ich die Winternachmittage am liebsten dort. Carmen schob die Matratzen in der Ecke zusammen, ich lieh mir den Kassettenrecorder von Mama, und dann hörten wir Musik und malten uns unsere brillante Zukunft aus, wie Carmen sagte, oder redeten über ihre Mitschüler und meine Mitschülerinnen.

Carmen mochte die Mädchen in meiner Klasse nicht.

Irgendwann dachte ich mal, sie wäre neidisch auf sie, aber das war es nicht. Aus dem, was ich ihr erzählte, schloss sie, dass eine reine Mädchenschule ein Schlangennest war.

»Sie würden dir bestimmt am liebsten die Augen auskratzen, Alma«, sagte sie zu mir.

Ich verteidigte meine Mitschülerinnen nicht besonders überzeugend: Carmen gegenüber behauptete ich, sie gäben sich wirklich Mühe, mich wegen meiner Misserfolge auf den Partys zu trösten.

»Ach was, trösten«, sagte Carmen. »Sie erzählen dir, sie würden ihre Prinzen bitten, dich zum Tanzen aufzufordern, aber die würden nicht wollen, und deswegen glaubst du, sie trösten dich? Sie drehen dir doch bloß das Messer in der Wunde rum. Du meinst doch nicht, sie sagen ihnen das wirklich! Wenn dich erst mal einer zum Tanzen auffordert und dich entdeckt, tanzen sie selber ihr ganzes Leben lang nicht mehr.«

Später, wenn wir aufs Zwischengeschoss umgezogen waren, machte sie sie mit einem Besen im Arm nach. Den glatthaarigen Blonden hatte sie Ponyboy getauft und zu einer ihrer Lieblingsfiguren gemacht. Sie stellte sich gebückt hin, um sich nicht den Kopf anzustoßen, und küsste stöhnend den Besenstiel.

»Mein Ponyboy, wer ist die schönste Frau der Welt?«, fragte sie, und dann mit tiefer Stimme: »Alma, die mit dem dicken Hintern, Alma ist die schönste Frau auf der ganzen Welt.«

Entsetzt hielt sie den Besen von sich weg und legte sich die Hand auf die Stirn, am Rand einer Ohnmacht wie die Kameliendame.

»Was hast du gesagt, was hast du gesagt?«, wimmerte sie, an die Wand gestützt, um nicht umzusinken. Dann drehte sie sich plötzlich um, mit völlig veränder-tem Gesicht.

»Tötet sie«, befahl sie, »bringt mir ihre Honigaugen und ihr edles Herz in diesem Tuch hier.«

Manchmal war Lachen zu hören, das von Doña Ángela, die uns *Tortas fritas* backte, oder von Chico und Marito, die auf dem Küchenboden saßen und ihre Reusen reparierten.

Ich wusste, dass Carmen übertrieb, aber ihr Glaube an mich hielt mich den ganzen Winter aufrecht, und Anfang September hatte ich meine erste Monatsblutung.

An einem der ersten Frühlingsnachmittage ruderten wir auf die Mittelinsel hinüber, machten auf einer Lichtung ein Lagerfeuer, jede von uns wickelte sich in eine Decke, und wir setzten uns Rücken an Rücken. So unterhielten wir uns gerne. Ich spürte die Vibrationen von Carmens Stimme und die Wärme ihres Körpers an meinem Rücken und blickte zum Fluss, der unter den Weiden am Ufer dahinströmte. Ich hatte mir vorgenommen, ihr an diesem Tag zu erzählen, was ich für Marito empfand, aber jetzt, wo der ideale Zeitpunkt für mein Geständnis gekommen war, warf ich mir vor, dass ich das Geheimnis so lange für mich behalten hatte, und wusste nicht, wie ich anfangen sollte.

»Ist dir schon mal was passiert, das du mir nicht sagen wolltest?«, fragte ich.

Das war ein ungeschickter Einstieg, aber wahrscheinlich dachte ich, wenn ich sie dazu brachte, mir eine Sünde zu gestehen, die meiner ähnlich war, würde es mir leichter fallen.

»Was zum Beispiel?«

»Keine Ahnung. Irgendwas, das du für dich behalten hast.«

Es trat langes Schweigen ein. Ich spürte, wie sie die Decke enger um den Körper wickelte. Die Glut bildete Muster im Feuer.

Was Carmen mir dann erzählte, traf mich vollkommen unvorbereitet. Ich rief mir all meine Eindrücke vom vorigen Wochenende ins Gedächtnis, ihr Gesicht am Sonntagmorgen. Ich wusste noch, wie sie ausgesehen hatte, als sie um acht mit der Fähre vom Tanzen gekommen war, mit ihrem grünen Kleid und glattem Haar, weil sie es sich am Samstag nach dem Waschen um den Kopf gewickelt hatte, um es zu glätten. Da war nicht das kleinste Detail, das mir aufgefallen wäre.

Am letzten Sonntag und einem Teil dieses Samstags war ich mit meiner Freundin zusammen gewesen und hatte keine Veränderung bemerkt. Ich hörte ihr atemlos zu, sog jedes einzelne Wort auf und sah dabei meine eigenen Bilder vom vorigen Wochenende: auf dem Zwischengeschoss, wie wir über unsere Sachen redeten, im Boot, als wir nach dem Mittagessen auf den Víboras hinausruderten und dabei die letzten Mandarinen aßen, die wir von der Insel der Nachbarn hatten mitgehen lassen. Ohne viel darüber nachzudenken, hatte ich angenommen, wenn ein Mädchen zum ersten Mal mit einem Mann schläft, wäre es ihr anzusehen, die Veränderung wäre so groß, dass sie mir bei einer so guten Freundin unmöglich entgehen könnte. Ich kann mich nicht an die genauen Worte erinnern, mit denen sie mir ihre erste Nacht mit einem Mann beschrieb. Ich weiß, dass sie keine konkreten Einzelheiten nannte und ich sie auch nicht darum bat. Sie redete, in meinem Kopf entstanden vage Bilder, wie Traumfetzen, und zusammen mit den Schwingungen ihrer Stimme schien mein Rücken ihre Aufregung an mich weiterzugeben. Ich spürte, dass ich durch sie etwas Ungeheures erlebte, für das es keine Worte gab. Seit fast zehn Jahren ging ich auf eine katholische Schule. In den letzten drei Jahren hatte das Thema Jungfräulichkeit im Religionsunterricht immer mehr Raum eingenommen. Ich hatte dazu eine Menge Ideen: Es gab da etwas, das alle Männer von mir würden haben wollen, etwas, das sie mit allen Mitteln versuchen würden zu bekommen, und davor musste ich mich in Acht nehmen, so gut ich nur konnte. Die Jungen, die ich kannte und noch kennenlernen würde, konnten sich nicht beherrschen, es lag in ihrer Natur, mich zu Fall zu bringen. Ihnen nicht nachzugeben, dafür waren wir Frauen verantwortlich: vorbeugen statt heilen, »die Gelegenheit meiden«, wie Schwester Francisca immer sagte, »die Tugend stärken«. Es gab ein paar sehr wichtige Verhaltensregeln, die vor der ersten Party von einer an die andere weitergegeben wurden, und unendlich viele Ratschläge, die ich schon oft gehört hatte: nicht zulassen, dass man mit beiden Händen um die Taille gefasst wird – um das zu verhindern, sollte man die Hebel-Technik anwenden, mit beiden Händen Druck gegen die Schultern des Jungen ausüben, damit er begriff, dass da nichts zu holen war, und lernte, sich zu benehmen; man durfte nicht zulassen, dass der Junge einem zu dicht ins Ohr flüsterte, die Lippen am Ohr waren besonders gefährlich; beim langsamen Tanzen musste man zwar die Beine auseinanderhalten, aber nur so weit, dass der Junge kein Bein dazwischenschieben konnte. Vor der Heirat miteinander zu schlafen war Todsünde. Bis zu diesem Nachmittag hatte ich gedacht, die Obsession meiner Mitschülerinnen wäre lächerlich, das hätte nichts mit mir zu tun. Meine Phantasien mit Marito gingen nie über einen Kuss hinaus, aber das hatte ich nie und nimmer dem Einfluss der Nonnen zugeschrieben, ich dachte ganz ehrlich, das Thema würde mich nicht betreffen. Das, was Carmen mir erzählte, ging weit über alles hinaus, was ich bis zu diesem Moment gedacht hatte; es kam in die Nähe der verstörenden Bilder, die mir von der Ungarin im Kopf herumschwirrten, der konfusen Gefühle, die ich immer weggeschoben hatte. Plötzlich bekam der Gedanke, dass meine Freundin eine Todsünde begangen hatte, eine ungeahnte Bedeutung. Was sie mir erzählte, war wunderschön, aber ich fühlte eine dumpfe Unruhe, die mit jedem Wort zunahm. Von der Erde stieg eiskalter Dampf auf. Zusammen mit Bewunderung und Neid keimte in mir eine Angst, die ich nicht hätte erklären können. Viel später begriff ich, dass seit diesem Nachmittag, als ich Carmens Liebesgeschichte lauschte, Sex für mich unauflöslich mit Bestrafung verknüpft war.

14

Die Veränderung, die ich an meiner Freundin erwartet hatte, setzte etwas später ein und war so heftig, dass sogar meine Eltern mich fragten, was denn mit Carmen los sei, sie sei so anders. Meine Freundin hatte sich verliebt, wie ich es noch nie vorher erlebt hatte. Verglichen mit den Beziehungen meiner Mitschülerinnen glich Carmens Liebe einem Tsunami, einer Kraft, die sie völlig überrollt und in eine dieser antiken Göttinnen verwandelt hatte, wild und mächtig und sogar ein bisschen zum Fürchten. Jedes Wochenende kam sie mir strahlender, stärker und entschlossener vor. Sie hatte vor nichts Angst, schreckte nicht einmal davor zurück, quer über den Paraná de las Palmas zu schwimmen, um zu Emils Haus zu gelangen, das am Durazno lag. Emil, Emil, Emil, sie nannte seinen Namen so oft, dass sogar ich manchmal wie verliebt in ihn war, obwohl ich ihn gar nicht kannte. Sie sahen sich wenig, denn er arbeitete in einer Fabrik in Tigre, und am Wochenende musste er seinem Vater auf der Insel helfen, aber einen Monat später begann Carmen, immer samstags zu Emil zu gehen.

Emil war der Sohn eines Polen, der in Misiones geboren war, und einer Polin, die mit ihren Eltern auf der Flucht vor dem Krieg nach Argentinien gekommen war. Er hatte einen Haufen Geschwister mit unmöglichen Namen, die Carmen alle auf einem Zettel notiert hatte, mit höchst seltsamen Vokalen, die ganz anders ausgesprochen wurden als unsere, durch die Nase, und die sie permanent mit einer Konzentration übte, die sie in der Schule nie aufgebracht hatte.

Sie sei verrückt, sagte ich ihr, aber ihre Leidenschaft war ansteckend: Nach kurzer Zeit hätte ich alles darum gegeben, einen Samstag mit ihr in dem Häuschen am Durazno zu verbringen.

All meine Vorstellungen von der Liebe gerieten ins Wanken angesichts der Leidenschaft, von der Carmen gepackt wurde. Was mit ihr geschah, war fühlbar wie die Rinde der Bäume, wie die Erde selbst, es war etwas, das sie vor Wut verzweifeln ließ, wenn Tordo sich weigerte, sie an den Durazno zu bringen, etwas, das sie zum Weinen brachte, wenn wir im Dunkeln am Steg lagen und die Sternschnuppen zählten. Etwas Körperliches, das durchaus die Strafe hätte sein können, mit der die Nonnen drohten, wäre da nicht das Glück gewesen, das aus meiner Freundin zu sprudeln schien, wenn sie von einem mit Emil verbrachten Samstag zurückkam oder nach einem Tanzabend mit ihm morgens aus der Fähre stieg. Das Leuchten ihrer Augen und ihr weicher und gleichzeitig wilder Gesichtsausdruck waren etwas so Außergewöhnliches, dass mir das Herz stehenblieb, wenn ich sie nur sah.

Auf dem Foto, das sie einen Monat später mitbrachte, blickte ein blonder Junge mit heller Haut in die Kamera. Die blauen Augen lächelten Carmen bewundernd an, während sie auf den Auslöser drückte. Er saß an einem Tisch mit einer rot-weiß karierten Tischdecke und hatte einen Teller Suppe vor sich.

»Żurek«, sagte Carmen. »Das ist eine Suppe aus vergorenem Mehl mit Wurst und hartem Ei. Hab ich nicht ein gutes Foto von ihm gemacht?«

Als ich das Gesicht verzog – das mit dem vergorenen Mehl hatte nicht sehr verlockend geklungen –, versicherte sie mir, wenn ich sie erst einmal probiert hätte, wollte ich nie mehr etwas anderes essen. So radikal war sie geworden. Emils Mutter, erklärte sie, sei die beste Köchin der Welt, und verglichen mit der Schinkenwurst, die sie an Schlaufen in einem Lehmofen räucherte, den ihre Söhne ihr gebaut hatten, waren die Paprikawürste aus Santiago fade und ungenießbar. Für diese Bemerkung, die sie ohne jede Rücksicht einmal beim Mittagessen fallenließ, setzte Doña Ángela ihr mehrere Tage nur Blumenkohl vor. Aber das machte Carmen nichts aus. Sie sagte, sie könne jede Strafe ertragen, solange Emil bei ihr sei. Wenn sie solche Sachen sagte, musste ich unwillkürlich an den Zorn Gottes denken, und versuchte, sie zu bremsen. Aber gleichzeitig wollte ich fühlen wie sie, strahlen wie sie, und mehr als alles andere auf der Welt wünschte ich mir, dass es mit Marito und mir so werden würde wie mit ihr und Emil.

Im Dezember feierte der Nachbar von gegenüber seinen fünfzigsten Geburtstag. Schon seit dem Wochenende davor herrschte auf unserer Seite des Flussarms große Aufregung. Doña Ángela erinnerte sich an die Feste, die die Nachbarn zu den Geburtstagen ihrer Kinder ausgerichtet hatten, das seien Leute, die sich nicht lumpen ließen, sagte sie. Chico und Tordo fuhren hinüber, um sich als Arbeitskräfte anzubieten, und wurden mit sehr guter Bezahlung angeheuert, und beinahe hätte sogar Marito einen Job bekommen, aber dann wurde doch nichts daraus. Meine Eltern hatten eine Einladung per Post erhalten, eine Karte mit Goldschrift, um die Carmen sie als Andenken bat und die in einem ihrer mit Packpapier ausgelegten Schuhkartons landete, in denen sie bestimmte Dinge aufbewahrte: Zeichnungen von Lucio, Postkarten, die ich ihr schrieb, wenn ich in Ferien fuhr, Zettel mit Sätzen, die sie sich irgendwann notiert hatte, die Briefe der Ungarin und alle Eintrittskarten zu den Tanzveranstaltungen im Club Felicaria, seit sie Emil kennengelernt hatte. In einer anderen ihrer Schachteln landeten Deckel von Cola- und Bierflaschen, Korken und besondere Geschenkschleifen, und als Doña Ángela sie einmal eine Elster nannte, verteidigte sie sich mit einem ganz klaren Argument:

»Wenn ich einmal alt bin, klebe ich bei mir zu Hause alles an die Wand und sehe mir mein Leben in dieser Collage an.« Und sie sammelte weiterhin das, was Marito »mnemotechnischen Abfall« getauft hatte.

Trotz der Hitzewelle, die drei Tage zuvor eingesetzt hatte, begannen die Leute am Morgen des Fests, einem Samstag, im Garten zu arbeiten. Auf den frisch gemähten Rasen stellten sie mehrere Gruppen Tische und Stühle, in einer Ecke zu den Pappeln hin bauten sie einen Pavillon aus weißem Holz auf und drapierten ihn mit Jasmin, der so echt vor sich hin wucherte, als stünde der Pavillon schon ewig da, und am Flussufer installierten sie Sitzbänke und einige Metalltische. Ein paar Männer, die mit der Mittagsfähre ankamen, kümmerten sich den ganzen Nachmittag um die Beleuchtung des Gartens; von unserem Steg aus wirkte es, als wuselten im Garten der Nachbarn tausend Leute herum und bauten eine Bühne auf, die erst einmal nur für uns gedacht schien.

Gegen Abend frischte es ein wenig auf, und der Nachbar kam mit seinem Motorboot und holte Tordo ab, damit er den Gästen beim Anlegen half und die Motorboote an einer geschützten Stelle bei der Mittelinsel verankerte. Chico karrte schon seit dem Morgen alles Mögliche von hier nach da.

Als die Sonne unterging, kamen Mama in einem lavendelfarbenen Musselinrock und einer geblümten Bluse und Papa in einem hellen Jackett und einer eleganten Hose aus dem Haus, stiegen ins Boot und setzten über den Fluss. Eigentlich hatte ich Carmen und Marito vorschlagen wollen, uns an der Mündung den Mondaufgang anzusehen, aber dann entschieden wir uns alle drei, dass wir die Ankunft der Gäste nicht verpassen wollten. Weiter unten am Fluss hatten sich Doña Ángela und Lucio auf ein paar Stühlen an der Anlegestelle niedergelassen, und Bartolo saß mit gespitzten Ohren neben Lucio und verfolgte das Spektakel ganz genau.

Die Lichter strahlten die Bäume von unten an, und als es dunkel wurde, verwandelte sich der Garten gegenüber endlich vollends in eine Bühne. Die Gäste bildeten Grüppchen, die sich zwischen den Tischen bewegten, und der Wind trug uns immer wieder ihre Stimmen und ihr Gelächter heran, wie vergnügte Ausschnitte aus dem Werk. Um acht kam ein Charterboot mit den meisten Gästen und den Musikern: ein Kammerorchester, das den Pavillon bezog und sich daranmachte, die Instrumente zu stimmen.

Carmen, Marito und ich bereiteten uns ein Picknick und brachten unseren eigenen Tisch an den Steg. Die Sonne ging unter. Als der Mond am gegenüberliegenden Ufer hinter den Baumkronen hervorlugte, wehte der Klang einer Flöte über das Wasser zu uns, rein und sanft wie die Nacht. Carmen suchte meine Hand, und ich hatte den Impuls, nach der von Marito zu greifen, beherrschte mich aber. Ich hatte gemerkt, wie er bei den ersten Tönen plötzlich tief Luft geholt hatte.

Während des Konzerts sagte keiner von uns dreien ein Wort. Bei jedem neuen Stück sahen wir uns verzückt an, die Augen meiner Freunde funkelten im Mondlicht vor Ergriffenheit. Um Mitternacht gingen alle Lichter aus, und jemand trug eine riesige Torte durch den Garten gegenüber. Das Ständchen der Gäste schallte über den Fluss und überdeckte die Geräusche der Nacht. Das Licht der Geburtstagskerzen ließ es so aussehen, als würden die Gesichter in der Dunkelheit schweben, dann wurden sie einen Moment lang nur vom Mond erhellt.

Eine ganze Weile nachdem die Tanzmusik eingesetzt hatte, schlief Carmen im Liegestuhl ein, und ich ging die Stufen hinunter und tauchte die Füße in den Fluss. Die Strömung teilte sich und strich mir über die Knöchel. Ich konnte in der Ferne die Musik hören und hier, neben mir, das Geräusch des Wassers, das an den Steg schwappte.

Marito kam die Stufen herunter, setzte sich neben mich und hängte die Füße auch ins Wasser. Auf einmal kam es mir so vor, als würden die Frösche in unserem Garten ganz laut quaken und als wären die Musik und das Gelächter vom Fest gegenüber weiter weg. Es war heiß. Ich hob mein Haar hoch. Marito tauchte die Hand in den Fluss, dann legte er sie mir nass und kühl in den Nacken. Ich senkte den Kopf und schloss die Augen. Mein T-Shirt klebte am Rücken. Ich hatte Angst, dass mein Herzklopfen in der Dunkelheit zu hören war.

»So eine Hitze«, sagte er.

»Warum gehen wir nicht ins Wasser?«, schlug ich mutig vor.

Als Kinder hatten wir das oft getan, aber jetzt badeten wir schon ein paar Jahre lang nicht mehr im Dunkeln zusammen. Ich bat ihn, die Augen zu schließen, damit ich mich ausziehen konnte, und er legte sich die Hände vors Gesicht. Ich ließ meine Hose und das T-Shirt auf der obersten Stufe, glitt ins Wasser und ließ mich ein Stück treiben, dann griff ich nach oben und packte das Hochseil, das wegen der ständigen Überschwemmungen zum zusätzlichen Vertäuen der Boote über dem Wasser entlanglief. Die Laufrolle am nächsten Pfosten drehte sich quietschend, das Seil verlor an Spannung und sank ins Wasser. Ich tauchte den Kopf in den Fluss. Dort unten konnte ich nur das Rauschen in meinen Ohren hören. Ich sah nicht, wie Marito sich die Hose auszog. Plötzlich war er neben mir, er streifte mich, als er sich ein Stück weiter flussabwärts an das Seil hängte. Ich drehte mich um, zu ihm. Die Strömung war nicht stark, aber ich spürte, wie sie mich umfing und ihren Weg zu Marito fortsetzte. Ich wusste, wenn ich losließ, würde ich zu ihm getrieben, aber das wollte ich nicht. Stattdessen bewegte er sich auf mich zu, hangelte sich am Seil entlang, um gegen die Strömung anzukommen. Ich konnte sein Gesicht nicht richtig erkennen, aber er sah mich todernst an, als hätte er Angst vor mir. Mir war klar, dass er mich küssen würde, und ich überlegte, was ich tun sollte. Er sah mich die ganze Zeit an. Ich zitterte. Nach einer gefühlten Ewigkeit kam Marito noch ein bisschen näher. Ganz langsam, als wollte er mich nicht erschrecken, streckte er die Hand aus und berührte mein Gesicht.

Ich hörte den Motor unseres Boots erst, als meine Eltern schon ganz in der Nähe waren. Um vor ihnen am Steg zu sein, benutzte ich das Seil und zog mir gerade den Reißverschluss an der Hose hoch, als Papa mir zurief, ich solle das Boot vertäuen.

Marito war verschwunden. Wahrscheinlich hatte er sich von der Strömung bis zu seinem Steg treiben lassen. Viel später, als Carmen schon gegangen war und wir alle im Haus waren, kam er, um seine Kleider zu holen. Ich sah ihn von meinem Zimmerfenster aus. Er bewegte sich im Mondlicht wie eine Katze. Noch nie in meinem Leben war ich so glücklich gewesen.

15

Ich wachte gegen Mittag auf und dachte an Marito, als wäre keine Sekunde vergangen, seit wir im Wasser gewesen waren. Ich stand auf und zog mich rasch an. Es war, als bekäme ich keine Luft, wenn ich ihn nicht sah. Während ich über die Hängebrücke lief, hörte ich das Lachen von Lucio, der im Wasser tobte, und die Stimme von Carmen.

»Los, beweg die Beine!«, rief sie. Bartolo bellte zustimmend.

Marito war nicht bei ihnen am Steg. Ich steckte den Kopf durch die Tür von Doña Ángelas Küche und rief nach ihm. Es war niemand im Haus.

»Wo ist denn Marito?«, fragte ich Carmen so unbefangen, wie ich nur konnte.

»Er ist früh aufgestanden, weil er auf einmal nach Santiago zu unseren Onkeln wollte«, antwortete sie. »Er hat die erste Fähre genommen.«

Ich setzte mich auf das Bänkchen. Meine Knie waren weich geworden. Ich weiß nicht, was für ein Gesicht ich gemacht habe, aber Carmen ließ mich nicht aus den Augen und begann, in ihren Hosentaschen zu wühlen.

»Was läuft denn da zwischen euch?«, fragte sie. »Ich soll dir das hier geben.«

Sie reichte mir einen Umschlag der Ungarin. Carmens Name war durchgestrichen, und darunter, in Druckschrift, hatte Marito geschrieben: *Für Alma*.

Ich ging in Richtung Bambusdickicht. Ich hörte, wie Carmen Lucio mit einer Frage zu Doña Ángela schickte und mir folgte.

»Was hat er dir denn alles zu sagen?«, fragte Carmen, als sie näher kam.

»Ich will das allein lesen«, sagte ich.

Sie blieb wie angewurzelt stehen.

»Ach so, Geheimnisse«, sagte sie, und ich dachte, sie würde kehrtmachen, aber sie blieb vor mir stehen.

Mir zitterten die Hände, als ich den Umschlag öffnete. Der Zettel war zwei Mal gefaltet und klebte an der Lasche des Umschlags fest. Ich riss ihn ab. *Das mit gestern Abend sollten wir am besten vergessen*, stand auf dem Zettel. Sonst nichts. Er war nicht unterschrieben.

Mir traten Tränen in die Augen. Wie sollte ich das Schönste vergessen, was mir in meinem ganzen Leben passiert war? Ich las noch einmal, drehte das Blatt um und sah im Umschlag nach.

»Er ist weg«, sagte ich wie zu mir selbst.

»Ich hab dir doch gesagt, dass er weggefahren ist«, sagte Carmen. »Erzählst du mir jetzt, was mit dir los ist?«

Ich steckte den Brief in meine Hosentasche.

Carmen schnaubte und kehrte mir mit einem letzten gekränkten Blick den Rücken.

»Ich fahre zur Ungarin«, sagte sie.

»Warte«, sagte ich. »Ich komme mit.«

Wir stiegen ins Boot, Carmen löste das Seil und griff nach den Rudern. Ich setzte mich ans Heck. Während der Fahrt liefen mir die Tränen herunter, ohne dass ich etwas dagegen tun konnte. Der Brief in meiner Tasche wog schwer wie ein Stein. Carmen seufzte immer wieder übertrieben laut, sagte aber nichts. Ich wusste, dass sie wartete – wenn es nach ihr gegangen wäre, hätte sie mich geschüttelt, damit ich endlich den Mund aufmachte. Ihre Seufzer und Blicke waren schlimmer als alle Fragen, die sie mir stellen wollte.

»Schere, Stein, Papier«, sagte sie. »Wenn du verlierst, musst du erzählen.«

Carmen klappte die Ruder ein, und das Boot legte sich quer, als wäre es nicht einverstanden gewesen mit der Richtung, in die wir es gesteuert hatten. Wir hielten beide die rechte Hand hinter den Rücken.

»Schere, Stein, Papier.«

Wir ließen uns nicht aus den Augen, während wir verborgen vor dem Blick der anderen ein Symbol formten. Bei diesem Spiel hatte ich immer die Phantasie, ich könnte erraten, was Carmen nehmen würde; wenn ich mich nur genug konzentrierte, könnte ich herausfinden, wofür sie sich entschied, als hätte ich die Fähigkeit, der Zeit vorzugreifen und den gespreizten Zeige- und Mittelfinger, die geschlossene Faust oder die flache Hand zu sehen, bevor sie sie zeigte. Ich selbst entschied mich für den Stein, ohne lange zu überlegen, aber ich war ganz und gar nicht sicher, ob ich gewinnen wollte.

Carmen nahm Papier. Mit einem Siegesschrei legte sie mir die flache Hand um die Faust.

»Jetzt musst du erzählen!«

Das Boot begann sich im Kreis zu drehen, sie klappte die Ruder aus, und wir nahmen die Richtung wieder auf. Jetzt, wo sie gewonnen hatte, lächelte sie zufrieden und wartete, ohne mich zu bedrängen.

»Hast du gar nichts gemerkt?«, fragte ich, als wir schon fast am Haus der Ungarin waren.

»Was denn gemerkt?«

»Von mir.«

»Was denn?«

»Von mir und Marito.«

Carmen stieß wieder einen ihrer Seufzer aus.

»Jetzt sag schon, Alma.«

Ich blieb stumm. Mit einem Schlag prallte der Bug des Boots ans Ufer. Carmen klappte die Ruder ein und sprang mit dem Seil an Land, um das Boot zu vertäuen.

»Steigst du aus?«, fragte sie.

Ich konnte mich nicht rühren, und mir liefen wieder

Tränen übers Gesicht. Carmen ging am Ufer in die Hocke und streckte den Arm aus, um mir ihre Hand zu reichen.

»Wenn du nicht willst, behalt es für dich«, sagte sie, »aber du darfst nicht weinen. Ich hasse es, Leute weinen zu sehen.«

Ich ergriff ihre Hand und sah Carmen nur an, ohne mich zu rühren. Ihre raue Hand drückte meine nur ganz leicht. Da sprach ich es aus.

»Ich bin in Marito verliebt.« Als es heraus war, schien mir die einzige Lösung, Carmen alles zu sagen.

Wir setzten uns unter den Maulbeerbaum, und ich begann zu erzählen, so wie es mir in den Sinn kam, wild durcheinander. Plötzlich standen mir die Erinnerungen mit erstaunlicher Klarheit vor Augen, und zum ersten Mal merkte ich, dass mein Leben voller Momente mit Marito war, die ich von klein auf gesammelt hatte. Je länger ich redete, desto stärker wurde mein Bedürfnis, bei ihm zu sein. Ich bekam kaum noch Luft. Carmen kaute auf einem Blumenstängel herum und hörte mir stumm zu.

Ich erzählte ihr von meinen Zeichnungen, davon, wie lang mir die Woche wurde, wie glücklich ich freitagnachmittags war, wenn unser Boot in den Flussarm einbog und auf die Insel zufuhr und ich ihn an der Anlegestelle stehen sah; davon, dass ich vor lauter Freude zitterte, dass ich lachen musste, wenn ich ihn nur sah, dass ich mich schämte bei der bloßen Vorstellung, er könnte etwas merken. Und auch von meiner Unruhe, wenn er nicht da war, und dem erdrückenden Gefühl, dass es dann nichts mehr für mich gab auf der Welt. Ich sprach von seinen Augen, von der Narbe, die er an der Lippe hatte, von seinem Lachen, von der Art, wie er sich bewegte, wenn er am Steg angelte. Carmen legte sich auf den Rücken, dann auf den Bauch, dann wieder auf den Rücken. Ab und zu pflückte sie eine neue Blume. Sie konnte nicht stillhalten.

»Ich glaube, er ist auch –«, begann ich, aber Carmen hob die Brauen, und ich brachte das letzte Wort nicht über die Lippen. »Gestern Abend im Wasser hätte er mich fast geküsst.«

Vom Fluss her war das Tuckern eines Frachtschiffs zu hören.

Carmen drehte sich auf den Bauch. Sie spuckte den Stängel aus.

»Hat er nie was zu dir gesagt?«, fragte ich.

»Er würde sich lieber die Zunge abbeißen, als mir so was zu erzählen.«

»Aber was meinst du denn dazu?«

Ich wünschte mir sehnlichst, von Carmen zu hören, dass Marito in mich verliebt war, aber sie sagte etwas anderes.

»Emil hat in seinem Zimmer ein Poster mit einem

Satz von Madame Curie, der lautet: ›Man muss hartnäckig sein und an sich selbst glauben.‹ Die Curie war Polin.«

»Und was soll das heißen?«

»Dass es nicht so einfach wäre, wenn ihr beide euch verlieben würdet«, sagte sie, stand auf und klopfte sich die Hose aus, während sie unter dem Maulbeerbaum hervorkam. »Kommst du mit ins Haus?«

So wie ich sie kannte, war das Gespräch für sie damit beendet.

»Warum wäre das nicht so einfach?«, fragte ich.

»Weil es ein Riesendurcheinander gäbe. Gehen wir?«

Damit war für Carmen das Thema abgehakt. Ich fragte sie noch mal, warum, aber sie antwortete nicht. Mit einem Achselzucken ging sie aufs Haus zu.

»Darüber muss ich nachdenken«, sagte sie. »Wir reden wann anders weiter.«

Von mir aus konnte sie darüber nachdenken, solange sie wollte. Ich hatte das Gefühl, ich könnte den Rest meines Lebens auf Marito warten.

»Stört es dich, dass ich in Marito verliebt bin?«, fragte ich.

Sie drehte sich um.

»Spinnst du? Du bist meine allerbeste Freundin auf der ganzen Welt«, sagte sie.

Ich war ewig nicht mehr im Haus der Ungarin gewesen, und vielleicht weil ich wusste, dass es schon lange leer stand, fand ich es jetzt trostlos. Chico war dabei, Material zu kaufen, um es neu zu streichen, und hatte schon angefangen, das Galeriegeländer abzuschmirgeln, aber das war nicht der Grund, warum es so verlassen aussah, oder zumindest kam es mir nicht so vor, als wäre das der Grund. Das Gras stand ziemlich hoch, und der Jasmin auf der einen Seite am Haus war sehr gewachsen, sein Duft stach uns immer wieder in die Nase, als wir näher kamen. Niemand hatte den Weg von der Anlegestelle zum Haus von den langen Nadeln der Kasuarinen gesäubert, und der Steg hatte Schlagseite: Einer der Pfähle war geborsten und mit einem Stück Draht zusammengeflickt. Als ich die Stufen zum Haus hinaufstieg, wurde ich schrecklich traurig. Vielleicht würde mein Leben von jetzt an immer so sein, wenn Marito nicht da war: mit dieser bleiernen Schwere im Herzen.

»Lass uns wieder gehen«, bat ich, aber Carmen wollte neue Blumen hinstellen und versprach mir, wir würden nicht lange bleiben.

Kaum hatte sie die Tür aufgemacht, schlug uns ein widerlicher Gestank entgegen.

Carmen blieb mitten im Wohnzimmer stehen und sah mich erschrocken an.

»Was stinkt denn da so?«, fragte sie.

Im Wohnzimmer waren die Binsenrollos unten, und es war ziemlich kühl, aber der Geruch war so penetrant, dass es nicht auszuhalten war.

»Wie lange warst du denn nicht hier?«, fragte ich.

Gar nicht so lange. Sie war vor einer knappen Woche mit Emil da gewesen und hatte frische Blumen hingestellt und gelüftet.

»Da war das noch nicht«, sagte sie.

Wir liefen durchs ganze Haus, ohne etwas zu finden, und wollten schon aufgeben, als Carmen auf die Idee kam, noch mal ins Schlafzimmer zu gehen und im Schrank nachzusehen.

Dort, auf dem Kleid mit den rosa Rosen, lag eine tote Katze. An ihren Zitzen hingen noch zwei winzige tote Kätzchen, als wollten sie trinken. Im Hinterteil der Katze war ein großes Loch, darin wimmelte es von weißen Würmern, die so emsig waren, dass es im von den Binsenrollos abgemilderten Licht so wirkte, als würde die Katze sich leicht bewegen und wollte ihre Jungen mit den Hinterpfoten beschützen.

»Hol aus der Küche Zeitungen und eine Tüte«, sagte Carmen.

Aber ich konnte mich nicht rühren.

»Los, hol eine Tüte. Wir müssen die tote Katze da rausholen!«

Diesmal tat ich, was sie verlangte.

Ich hielt die Tüte auf, damit Carmen die Katze und

die beiden Jungen hineinlegen konnte. Ich schloss die Augen, aber dadurch kam mir der Geruch noch stärker vor, also machte ich sie wieder auf. Ich blickte in Carmens Gesicht. Sie sah angestrengt aus. Sie knotete die Tüte zu und stellte sie auf den Boden. Auf dem Kleid waren Blutflecken, und es klebte Schorf daran und ein paar Würmer, die sich verzweifelt wanden. Mir war speiübel, und gleichzeitig hätte ich am liebsten losgeheult. Nur wegen des Kleids, redete ich mir ein und kam mir total blöd vor. Die brauen Flecken, die die pastellrosa Blumen beschmutzten, das getrocknete Blut, das bestimmt von der Katze stammte, als sie ihre Jungen bekommen hatte, ihr Tod da in der Dunkelheit des Kleiderschranks, in dem leeren Haus – all das führte mir vor Augen, dass es im Leben völlig unerwartete Wendungen gab. Ich hatte keine Ahnung gehabt, dass das Leben mitten in etwas, das nichts mit dem Tod zu tun hatte, plötzlich zu Ende sein konnte.

16

An den ersten Wochenenden, seit Marito fort war, konnte ich unsere Ankunft freitags kaum erwarten, überzeugt, diesmal würde ich ihn sehen. Drei Wochen später, als Carmen mir sagte, sie hätten einen Brief von ihm bekommen, er werde noch eine Weile im Norden des Landes bleiben, verging mir die Lust, überhaupt noch auf die Insel zu fahren.

Es war eine unglückliche Zeit. Ohne Marito war ich verloren, als wäre alles Gute, das ich mir gewünscht hatte, unerreichbar geworden, und in diesem Monat brach ich den Schwur, den ich meiner Freundin sieben Jahre zuvor gegeben hatte.

Mein Geburtstag stand vor der Tür, und meine Eltern kamen auf die Idee, ein Grillfest auf der Insel zu machen, damit die Jungs, die zu den Partys gingen, mich nicht mehr ignorierten. Ihr Argument war, wenn diese Milchbubis, wie Papa sie nannte, mich nicht zum Tanzen aufforderten, dann ganz einfach, weil sie mich nicht kannten. Dann musste man sie eben dazu bringen, mich zu entdecken, und die Insel war der beste Ort, damit sie mich in Aktion sahen.

Meine Eltern veranstalteten einen ziemlichen Aufwand: Papa charterte ein großes Boot, das die zwanzig Gäste auf die Insel brachte, und hinten im Garten bauten wir zwei lange Holztische auf und beauftragten Chico, ein Asado zu machen, zwei Lämmer, die ab dem frühen Morgen an kreuzförmigen Stahlgestängen brieten. Carmen und ich verbrachten den ganzen Vormittag damit, Salate zuzubereiten, und dekorierten alles mit Blüten und Blättern, denn Carmen sagte, mein Fest sei ein Bankett, und so seien Bankette eben. Mama musste uns bremsen, weil wir kurz vor Mittag immer noch so viel Dekoration hinzufügten, dass gar kein Platz mehr für die Gäste blieb, aber die Tische sahen wirklich hübsch aus. Carmen war so stolz auf unser Werk, dass ich Mama bat, Fotos von uns zu machen. Die habe ich noch – eine ganze Serie, auf der wir mit leeren Gläsern anstoßen und hinter unserer Blumendekoration extravagante Posen machen.

Kurz vor der Ankunft meiner Gäste nahmen wir im Fluss ein Bad mit Shampoo und einer Seife mit Rosenduft, die Carmen extra gekauft hatte, und als wir ein Motorengeräusch auf unserem Flussarm näher kommen hörten, lief sie schnell davon, um sich umzuziehen. Ich war schon fertig und stellte mich an die Anlegestelle, um meine Gäste zu begrüßen.

Ich war so aufgeregt, dass meine Lippen zu zittern begannen, und hätte alles darum gegeben, wenn Carmen bei mir gewesen wäre. Als Erste stieg Lucila

Atkins aus, die sehr beliebt war und zum schönsten Mädchen der Klasse gekürt worden war. Ich war nicht mit Lucila befreundet, aber wir alle hätten sie gern zur Freundin gehabt. Sie war die Schwester des Ponyboys, den Carmen bei unseren Spielen nachäffte, und von den beiden akzeptiert zu werden, war eine Art Mekka: Die Feten bei ihnen zu Hause waren die lustigsten überhaupt, darin waren sich meine Mitschülerinnen einig, und obwohl ich nie dabei gewesen war, wünschte ich mir insgeheim sehnlichst, auch einmal eingeladen zu werden. Lucila hatte glattes blondes Haar, das ihr bis zur Taille reichte, eine Stupsnase und ein Puppengesichtchen, und sie trug Röcke mit Volants und Blümchenblusen, die ihr Vater ihr aus den USA mitbrachte. An diesem Tag hatte sie Jeans mit Schlag, Plateauschuhe und eine ihrer Blümchenblusen an, und ihr Anblick reichte, um mir mit meiner gerade geschnittenen Hose und meinem Baumwoll-T-Shirt stinknormal und völlig uninteressant vorzukommen. Hinter ihr stieg Antonio vom Boot, der Junge, der ihr gefiel. Jeden Montag warteten meine Mitschülerinnen auf Lucila, um weitere Details dessen zu erfahren, was die Beziehung des Jahres zu werden versprach, aber aus irgendeinem uns unbekannten Grund konnte Antonio sich nicht richtig entschließen, und diese Unschlüssigkeit schien der ganzen Klasse nahezugehen. Nacheinander stiegen die übrigen Gäste aus, alle hatten mir ein Geschenk mitgebracht und schienen sich zu freuen, hier zu sein. Mama führte die Jungen in ein Zimmer und die Mädchen in die anderen beiden, und das Haus füllte sich mit Geschrei, als wir uns die Badeanzüge anzogen. Dann liefen wir zum Steg, die Jungen stürzten sich kopfüber ins Wasser, spritzten die Mädchen nass, die sich auf die Stufen gesetzt hatten, schrien sich etwas zu, forderten sich gegenseitig heraus. Manche der Mädchen trauten sich, in den Fluss zu steigen, andere beäugten das Wasser misstrauisch, alle äußerten sich begeistert über die Insel, über *meine* Insel, und zum ersten Mal im Leben hatte ich das Gefühl, ich könnte vielleicht doch dazugehören.

Als Carmen kam, sah ich sie nicht. Ich stieg gerade aus dem Wasser, und einer der Jungen, ich weiß nicht mehr, welcher, hielt mich am Fuß gepackt, damit ich nicht die Stufen hinaufgehen konnte. Lucila beugte sich übers Geländer. Sie hatte sich in ein rosarotes Handtuch gewickelt und kämmte sich das Haar.

»Besuch für dich, Alma.« Sie machte ein komisches Gesicht, voller Spott.

Das konnte Carmen nicht sehen, aber diejenigen, die im Wasser und auf den Stufen waren, reckten die Hälse, um herauszufinden, worüber Lucila sich lustig machte. Carmen stand wartend am einen Ende des Bootsstegs. Sie hatte sich angezogen wie fürs Tanzen im Club Felicaria und sah so anders aus als alle anderen, so lächerlich mit ihrem glitzernden Kleid, ihrer Frisur und ihren rosa geschminkten Lippen, dass ich spürte, wie meine ganze Welt zusammenbrach. Jemand lachte.

»Ah, hallo Carmen«, sagte ich oder rief ich vielmehr und winkte ihr mit hocherhobenem Arm.

Es gibt Dinge, die sich in einer Sekunde abspielen, aber riesigen Raum einnehmen, als würde das Gedächtnis sie in Zeitlupe abspeichern. Meine Stimme hatte schrill geklungen, falsch, mein Ton hatte allen gesagt, dass Carmens Auftauchen mich überrascht hatte, als hätte sie sich selbst eingeladen. Meine Begrüßung hatte klar zu verstehen gegeben, dass ich nicht viel mit ihr zu tun hatte. Und jetzt war es zu spät, um es zurückzunehmen. Carmen hatte mich auch gehört.

»Ich sehe nach, ob deine Mutter Hilfe braucht«, sagte sie, und ehe ich reagieren konnte, drehte sie sich um und war fort.

Ich stieg aus dem Wasser und rannte die Stufen hinauf, aber sie war bereits im Haus verschwunden, und ich blieb triefend stehen, umringt von denen, die bis zu diesem Tag nie meine Freunde gewesen waren. Jetzt waren sie Zeugen meines Verrats geworden, und dabei begriffen sie nicht einmal, was ich gerade getan hatte.

Sie ist meine beste Freundin, wollte ich ihnen sagen, aber die Worte kamen mir nicht über die Lippen.

Ich lief hinter Carmen her. Hinter mir hörte ich, wie Lucila lachte.

»Habt ihr das Kleid gesehen?«, fragte sie und erntete mit ihrer Bemerkung schallendes Gelächter.

Carmen war in der Küche und bereitete einen Brotkorb vor.

»Warum kommst du nicht nach draußen?«, fragte ich.

»Ich bin lieber hier«, sagte sie und schnitt weiter Brot ab.

»Wir haben vor dem Mittagessen im Fluss gebadet.«

»Hab ich gesehen«, erwiderte sie.

»Das Brot ist nicht so wichtig. Wir nehmen es so mit an den Tisch, und jeder soll sich was abschneiden.«

Sie kehrte mir den Rücken zu und ging mit dem vollen Brotkorb zur Hintertür hinaus.

Ich folgte ihr.

»Willst du nicht baden?«

Sie antwortete nicht. Ich beobachtete, wie sie den Brotkorb auf den Tisch stellte, und wartete, was sie als Nächstes tun würde.

»Ich geh besser nach Hause«, sagte sie.

Das rosarote Handtuch um die Hüfte geknotet, kam Lucila ums Haus herum.

»Ist das Essen fertig?«, wollte sie wissen.

»Das hier ist Carmen« – *meine beste Freundin*, wollte ich eigentlich sagen, aber es kam mir auch diesmal nicht über die Lippen.

Lucila bewegte sich auf uns zu, um sie mit einem Kuss auf die Wange zu begrüßen, aber Carmen nickte ihr nur zu, wandte sich ab und zupfte ein paar Blumen zurecht.

Nach und nach tauchten die anderen auf und umringten unter lautem Geschrei und Gelächter die Tische. Papa sagte, das Essen sei fertig, und die Nachricht wurde mit Gejohle und begeisterten Pfiffen aufgenommen.

Carmen ging in Richtung Hängebrücke.

»Das Essen ist fertig, Carmen!«, rief ich.

Sie hob die Hand.

»Bis später«, sagte sie.

Ich wusste, dass sie nicht zurückkommen würde.

17

Die Tage nach meinem Geburtstag waren scheußlich. Nicht mal die Kommentare meiner Mitschülerinnen über mein Fest konnten mich von der Verachtung ablenken, die ich für mich selbst empfand. In Gedanken führte ich Gespräche mit meiner Freundin, in denen ich sie um Verzeihung bat und sie mich schließlich umarmte, aber ich wusste, dass nichts mehr sein würde, wie es einmal gewesen war. Morgens, wenn ich aufwachte, überfiel mich die Szene am Bootssteg wie ein Albtraum, aus dem ich mein ganzes Leben nicht mehr aufwachen würde. In der Schule kehrten die Dinge zur Normalität zurück, und am Freitag, als alle von ihren Plänen fürs Wochenende zu reden begannen, fühlte ich mich wieder ausgeschlossen, als wäre mein Geburtstag eine Ausnahme gewesen. Ich war allein, noch mehr als vorher.

Als ich am Samstag auf der Insel ankam, war Carmen nicht da, und Doña Ángela sagte, sie wolle das ganze Wochenende bei Emil bleiben. Ohne sie und ohne Marito wusste ich nicht, wie ich den Tag herumbringen sollte. Es wurde noch schlimmer, als am Sonntag gegen zehn Virulanas Boot an Doña Ángelas Steg anlegte und alle, Bartolo eingeschlossen, an Bord gingen, um eine Spazierfahrt zu machen. Ich trat ans Geländer und winkte ihnen, aber Lucio war der Einzige, der mit seiner kleinen Hand zurückwinkte. Doña Ángela zu sehen, wie sie stattlich und reglos am Heck des Boots saß und flussabwärts davonfuhr, machte mich ganz traurig, als würde sie sich bewusst von mir abwenden und mir damit sagen, dass ich für sie alle nicht mehr existierte. Ich sah ihnen nach, bis sie hinter der Kurve in Richtung Desaguadero verschwanden.

Ich setzte mich hin und beobachtete die Wirbel, die der Fluss an den Pfählen des Stegs bildete, die Schlammwolken, die im Wasser aufstiegen und sich wieder legten. Der Fluss führte viel Wasser und schimmerte klar, und es war einer dieser strahlend blauen Tage, so vollkommen, dass meine Bedrücktheit keinen Ort fand, an den sie sich flüchten konnte. Am späten Vormittag wollten meine Eltern im Boot eine Runde drehen. Ich fuhr nicht mit. Ich verbrachte den Vormittag auf den Stufen sitzend, der Hals tat mir weh vor lauter Tränen, die ich am liebsten geweint hätte. Ich hatte das Gefühl, dass alles, was mir bis zu diesem Moment wichtig gewesen war, für immer verschwunden war.

Nach dem Mittagessen, als meine Eltern sich hinlegten, ging ich zu Doña Ángelas Haus hinüber. Ich hatte nichts Bestimmtes vor, aber plötzlich war ich in der stillen Küche, saß auf der Bank am Holzherd. Das

Eisen des Herds strahlte Wärme aus, und in dem Streifen Licht, den das kleine Fenster hereinließ, tanzten Staubkörner. Da konnte ich zum ersten Mal an diesem Tag weinen.

Die Idee, auf der Seite aufs Zwischengeschoss hinaufzugehen, wo Maritos Zimmer war, kam mir so plötzlich, dass ich erschrak. In dem Teil des Hauses war ich noch nie gewesen. Von gegenüber, der Seite, wo wir immer saßen, war nur ein Binsenrollo zu sehen, und Carmen hatte gesagt, Tordo hätte ihr verboten, dort mit mir hinzugehen. Aber ich wusste, dass Marito da sein Bett hatte, und jetzt wollte ich unbedingt sein Zimmer sehen und ihn in seinen Sachen suchen.

Es ist nicht so, dass ich eine konkrete Vorstellung davon hatte oder etwas Bestimmtes erwartete, aber auf das, was ich dort zu sehen bekam, war ich nicht gefasst. Im Licht, das durch ein kleines Fenster hereinfiel, entdeckte ich Bücher und noch mehr Bücher: an den Wänden, mitten im Raum, in kleinen und großen Stapeln, die an manchen Stellen bis fast an die Decke gingen; sie schienen sich überall auszubreiten. Jemand hatte große Ziegelsteine aufeinandergetürmt und Holzbretter und Blechplatten dazwischengelegt, und in den Regalen dieser provisorischen Bibliothek stapelten sich die Bücher. An manchen Stellen bog sich das Blech vor lauter Gewicht nach unten durch, und die Bücher standen schief oder lagen übereinander. Erst nach einer Weile merkte ich, dass manche Teile dieser Bibliothek die Wände bildeten, die den Raum in drei winzige Kammern unterteilten, nicht größer als zwei mal zwei Meter. Die Zugänge waren mit Binsenrollos verhängt.

Ich sah in eine der Kammern hinein. Die Wand gegenüber, die einzige, die nicht von Büchern gebildet wurde, weil es sich um die Außenwand des Hauses handelte, wurde fast vollständig von einem Gemälde ausgefüllt. Es zeigte eine nackte Frau, nach hinten gelehnt, die Schenkel geöffnet. Ihr Geschlecht, in Rot- und Orangetönen gemalt, schien von innen zu leuchten. Ich erkannte gleich die Ungarin wieder, mit dem offenen Haar und dem Blick, den ich durchs Fenster an ihr gesehen hatte, als sie mit Tordo Liebe machte. Sie lag auf großen Kissen mit Blumenmustern, und rings um sie herum wuchsen Schlingpflanzen. Zwischen den Blättern sah man Fische und Vögel, und in einer Hand hielt sie ein Buch mit blauem Einband, den Zeigefinger zwischen die Seiten geklemmt, als wollte sie gleich weiterlesen. Ich ließ das Rollo unvermittelt los. Was ich da machte, war nicht richtig. Ich stellte mir Tordos Wut vor, wenn er mich dabei ertappte, wie ich in seinem Zimmer schnüffelte, und verspürte den Impuls, schnell wegzulaufen. Aber meine Neugier war stärker als meine Angst. Ich achtete auf die Geräusche von draußen. Jetzt, in der Siestazeit, war außer den

Grillen nichts zu hören – kein einziger Motor, keine einzige Stimme –, nichts, woraus man schließen konnte, dass sie in der Nähe waren. Ich bedauerte, dass sie Bartolo auch mitgenommen hatten. Ich würde gut aufpassen müssen.

In der nächsten Kammer bildete die Bibliothek zwei der Wände im rechten Winkel zu den beiden anderen, die der Hausecke entsprachen. Dort, in der Ecke, lag eine Matratze auf dem Boden, darüber eine gewebte Tagesdecke mit farbenfrohen Blumen. Neben dem Bett noch ein Stapel Bücher, der als Nachttisch diente. An der unverputzten Wand hingen Unmengen von Fotos, Ausschnitten aus Zeitschriften und Notizzetteln. Ich legte mich auf das Bett und vergrub das Gesicht im Kopfkissen, auf der Suche nach Maritos Geruch. Mein Herz war kurz vor dem Zerspringen.

Ich weiß nicht, wie lange ich so dalag, das Gesicht ins Kissen gedrückt und immer auf die Geräusche draußen achtend. Ich weiß nicht, was ich dachte, bevor ich mich umdrehte und hinsetzte, mir die Wände und die Bücher genauer ansah. Ich weiß nur, dass ich glücklich und gleichzeitig voller Angst war und dass ich für eine Weile alles vergaß, was passiert war. An der Wand hing ein Foto von Marito in seinem Schulkittel und mit seinen Heften, die von einem Gürtel zusammengehalten wurden, und mehrere Aufnahmen mit Männern, die wegen ihrer Ähnlichkeit mit Tordo und Chico seine

Onkel sein mussten, in einer ganz anderen Landschaft als der der Insel, trocken und voller niedriger Bäume mit windschiefen Ästen. Dann blieb mein Blick an einem verblichenen Polaroidfoto hängen, auf dem er auf der Armlehne eines uralten Sessels saß, den Arm um die Schultern eines Mannes gelegt, der sein Vater sein musste: eine dünne, gebeugte Gestalt, die sich an ihre knochigen Knie klammerte wie an eine rettende Holzplanke. Marito versuchte, in die Kamera zu lächeln, hatte aber ganz traurige Augen. Es gab Fotos von Carmen und von Lucio, und ich betrachtete gerade eins von ihrer Mutter Mabel und einem Mann in Seemannskleidung vor der Seehundeskulptur auf der Rambla in Mar del Plata, als ich ein Tuckern zu hören glaubte, das näher kam. Ich lief in Tordos Kämmerchen ans Fenster und spähte nach draußen. Ich hatte nicht überlegt, wie ich es anstellen würde, hinauszukommen, wenn sie schon in Sichtweite waren, und mir wurde vor Angst ganz flau. Am gegenüberliegenden Ufer fuhr ein rotes Motorboot entlang und zog flussaufwärts davon. Ich rechnete mir aus, dass ich, wenn ich sie kommen sah, noch Zeit hätte, schnell hinunterzulaufen und mich hinter die Elefantenohrpflanze zu drücken, die einen halben Meter vor dem Eingang stand. Es konnte gut sein, dass sie mich nicht sahen, so beschäftigt, wie sie mit dem Aussteigen sein würden. Ich ging in Maritos Zimmer zurück und setzte mich auf sein Bett. Neben den Fotos hingen an der Wand unzählige Aufnahmen vom Meer, die aus Zeitschriften ausgeschnitten waren, ein Sonnenblumenfeld, ein in Pappe gerahmtes Foto von den Inselbewohnern beim Binsenschneiden: Marito stand am einen Ende, zehn oder zwölf Jahre alt, mit dünnen Armen und hervortretenden Rippen, und hielt die Machete in die Höhe, als wäre er bereit zum Kampf. An einer Ecke wurde das Foto überlappt von einem losen Blatt mit dem Gedicht *Die Hände* von Miguel Hernández. Weil ich nur einen ganz bestimmten Teil von Marito suchte und nicht sehen konnte, was ich nicht suchte, achtete ich kaum auf das Gedicht. Seine wahre Bedeutung konnte ich erst Jahre später erkennen, als ich zurückblickte und die Dinge sich zusammenfügten wie die Perlen einer Kette. Aber an diesem Nachmittag in seinem Zimmer, verzweifelt darauf aus, bei seinen Sachen etwas zu finden, das mir sagte, was er für mich empfand, übersah ich mit fast ergreifender Vehemenz, was nicht von mir sprach, sondern von ihm.

Auf dem Nachttisch lagen vier Bücher, eins davon aufgeschlagen und mit dem Einband nach oben, als wäre Marito nach Santiago gefahren, ohne zu bedenken, dass er erst einmal nicht weiterlesen würde. Es war *Die Verdammten dieser Erde* von Frantz Fanon. Als ich es zurücklegen wollte, fiel ein Foto heraus. Eine Aufnahme von mir. Meine Hände begannen zu zittern. Ich saß auf unserem Bootssteg, ein bisschen verschwommen und deshalb nicht richtig zu erkennen; bestimmt hatte es jemand von Doña Ángelas Anlegestelle aus aufgenommen. Das musste Marito gewesen sein; wenn es Carmen gewesen wäre, hätte sie es mir gezeigt. Auf der Rückseite standen Verszeilen, die ich nicht kannte, geschrieben in Maritos energischer, schräger Schrift. *Ich liebe in dir das Unmögliche / Aber keineswegs die Verzweiflung. Nâzım Hikmet*

Ich las die Zeilen wieder und wieder, *ich liebe in dir, ich liebe in dir, ich liebe in dir*. Marito hatte geschrieben, dass er mich liebte. Hinter dieser Entdeckung schien der Sinn der Verse zu verschwinden. Ich steckte das Foto zwischen die Seiten des Buchs zurück und sah mich weiter um.

Später bereute ich es, nicht geblieben zu sein, bis meine Neugier gestillt war, aber an diesem Nachmittag, als ich die schmale Treppe vom Zwischengeschoss hinunterstieg, hatte ich nur einen Gedanken: Es war nicht alles verloren. Ein absurdes Glücksgefühl hatte mich ergriffen. Marito liebte mich. Irgendwann würde er zurückkommen. Und ich würde auf ihn warten.

Zweiter Teil

1

Es verging über ein Jahr, bis ich Carmen und Marito wiedersah. Meine Erinnerung an diese Zeit ist vage, als hätte ich sie in einer Art Vorhölle verbracht, in Erwartung irgendwelcher Zeichen, die mich wieder ins Leben zurückschubsen würden. Es war mein vorletztes Schuljahr, und ich wollte mich parallel dazu schon auf die Abiturprüfungen vorbereiten, um ein Jahr früher fertig zu sein, aber meine Eltern ließen mich nicht. Ich ging zur Schule und schlief, den Kopf auf die Arme gelegt, meine blaue Jacke über mich gebreitet wie ein Zelt. Die meisten Lehrerinnen machten sich nicht einmal die Mühe, mich aufzuwecken, denn meine Noten waren auch so gut. Ich ging kaum weg, und obwohl ich weiterhin mit auf die Insel fuhr, wurden mir die Wochenenden ohne Marito und Carmen lang und öde. Irgendwann unter der Woche war Mabel aufgetaucht und hatte Lucio mitgenommen, und seither war Doña Ángela noch einsilbiger als sonst. In diesem Winter ging ich sie ein paarmal besuchen. Ich setzte mich auf die Bank an der Wand, während sie kochte. Bartolo legte mir den Kopf auf die Knie und sah mich ganz ruhig an. Ich spürte seinen feuchten Atem an meinem Bein, das Gewicht seines Kopfes, seinen Blick, der sich nicht von mir löste. Es kam mir vor, als müsse er vor Verzweiflung jeden Moment anfangen zu heulen. Carmen wohnte fast die ganze Zeit bei Emil. Marito lebte bei seinem Vater, studierte an der Technischen Universität von Buenos Aires und arbeitete in einer Werft. Ich dachte, ich würde ihn nie mehr sehen, und trotzdem begann jedes Mal, wenn unser Boot die Kurve zu unserem Flussarm beschrieb, mein Herz wie wild zu schlagen. Ich spähte zur Anlegestelle, um ihn dort sitzen und auf den Fluss blicken zu sehen, wie er es so oft getan hatte. Es war, als hätte sich ein Teil von mir selbständig gemacht und sich entschieden, trotz allem weiterzuträumen. An Carmen hatte ich zwei Mal geschrieben. Sie hatte nicht geantwortet.

Im März dieses Jahres, 1976, kam es zum Militärputsch. Später in meinem Leben, als ich versuchte, mich an die Anfangszeit der Diktatur zu erinnern, musste ich mir eingestehen, dass es für mich viele Monate lang keinen großen Unterschied zwischen dieser Regierung und der vorigen gegeben hatte. Am 24. März lief bei uns fast den ganzen Tag der Fernseher, aber meine Eltern sagten nicht viel dazu. An eine Bemerkung erinnere ich mich aber noch: »Irgendjemand musste schließlich mal Ordnung schaffen.« Ich hatte nicht gemerkt, dass meine Eltern in Angst lebten.

Sie dachten, die Militärjunta würde das Land neu ordnen und dann Wahlen abhalten. Ich hatte damals keinerlei politische Meinung. Ich ging in eine Schule, wo nur selten über Politik geredet wurde, und zum ersten Mal war ich vom Einfluss dieser Regierung betroffen, als die Sozialkundelehrerin, eine engagierte, eher kleine Frau, die ich sehr mochte, als subversiv beschuldigt wurde und die Schule verlassen musste. Uns sagten sie natürlich etwas anderes, aber Lucila Atkins brachte es in Erfahrung, und wir spürten alle, dass das ein schwerer Vorwurf war, auch wenn wir nicht genau wussten, was es eigentlich bedeutete.

»An deiner Schule muss man aufpassen, was man sagt«, warnte mich Papa. »Die Lage ist kompliziert. Halt dich lieber überall raus.«

Das war alles. Ich sehnte mich nur danach, dass die Schule endlich vorbei war und mein Leben anders wurde. Da kam Marito zurück.

Als Papa in diesem Spätherbst an einem Samstag die Kurve nahm und in unseren Flussarm einbog, stand Marito am Steg und angelte. Einfach so, ohne vorherige Ankündigung. Über ein Jahr hatte ich von diesem Anblick geträumt, war jedoch nicht auf den Schrecken gefasst, der mich dabei überfiel. Endlich war Marito wieder da, aber wie würde es sein, wenn ich vor ihm stand und wir uns in die Augen sahen? Würden wir uns erkennen, nicht im wörtlichen, sondern im biblischen Sinn, würden wir die Liebe leben, die wir vor so langer Zeit einmal füreinander empfunden hatten? Plötzlich bekam ich Angst vor ihm, wie man vor einem Fremden Angst haben kann, und gleichzeitig freute ich mich so, ihn zu sehen, dass mir die Luft wegblieb. Ich stand wie gelähmt am Bootsheck, während ich mir vorstellte, wie ich ins Wasser sprang und zu ihm schwamm. Er grüßte uns von weitem, holte die Schnur ein. Noch während wir auf unsere Anlegestelle zusteuerten, lief er über die Hängebrücke und tauchte dann wieder in unserem Garten auf, trat aus dem Schatten der Kasuarinen ins Sonnenlicht, das voll auf den Steg fiel. Es war, als erschiene er aus dem Nichts, strahlend; er kam ganz unbefangen auf mich zu, mit den Armen schlenkernd, das Gesicht zu einem Lächeln geöffnet. Ich begrüßte ihn vom Boot aus – ich weiß nicht mehr, was ich sagte – und machte mich daran, ihm die Taschen zu reichen, fast ohne ihn anzusehen. Erst als das Boot am Steg und am Hochseil vertäut war, konnte ich ihn richtig begrüßen. Ich umarmte ihn. Mama und Papa waren dabei, aber ich wollte ihn nie wieder loslassen. Er war derjenige, der sich von mir löste. Mir standen Tränen in den Augen, und ich griff schnell nach zwei Taschen und lief ins Haus, damit niemand etwas merkte. Drinnen musste ich erst mal in mein Zimmer gehen, um tief durchzuatmen. Ich hörte, wie Marito die Sachen auf der Veranda abstellte und Papa erzählte, dass es mit dem Studium gut lief und Tordo ihm hinten auf dem Grundstück einen kleinen Schuppen gebaut hatte, damit er dort eine Reparaturwerkstatt einrichten konnte. Die Sonnenstrahlen, die sich in den Blättern fingen, tanzten auf dem Boden, auf der Tagesdecke, auf meinem Gesicht, und ich hörte seine Stimme da draußen, tiefer als früher, erwachsener. Ich konnte mich nicht rühren.

»Vielleicht kannst du ja den Kassettenrecorder reparieren«, sagte Mama. »Er geht schon seit Monaten nicht mehr.«

Gern, antwortete er, wenn sie wolle, würde er ihn sich heute noch ansehen. Mama versprach, ihn nachher zu holen. Ich saß immer noch auf meinem Bett.

Da blieb ich noch lange. Ich sah Marito, als er durch den Garten wieder nach Hause ging. Meine Eltern stellten die Stühle an den Steg und nahmen dort ihren Aperitif. Am meisten wünschte ich mir, Marito würde mich abholen, aber ich wusste, das würde er nicht tun, und hatte das Gefühl, so konnte es das ganze Wochenende bleiben, ich auf einer Seite und er auf der anderen, als wäre der Flussarm zwischen unseren Häusern zu einem Ozean geworden. Da kam ich auf die Idee, ihm den Kassettenrecorder zu bringen.

Ich sah ihn schon, noch bevor ich die Hängebrücke betreten hatte. Er ging auf und ab und hörte mich nicht. Schlagartig wurde mir klar, dass er so herumlief, weil er sich nicht entschließen konnte, zu uns herüberzukommen. Schließlich bemerkte er mich. Marito mochte es nicht, wenn sein Gesicht seine Gefühle verriet, er sagte immer, er sei noch nie im Leben rot geworden, und Tränen habe ich in seinen Augen nur ein einziges Mal gesehen, mehrere Wochenenden nach diesem, als Tordos Boot kenterte. Aber als er mich auf der Hängebrücke entdeckte, lief er rot an, das könnte ich schwören. Mir kam es so vor, als wäre mein Herzklopfen bis zu ihm zu hören.

Ich hielt ihm den Kassettenrecorder entgegen.

»Wolltest du mir den bringen?«, fragte er.

Alles, was ich ihm in den vergangenen Monaten gern gesagt hätte, schien sich in meiner Kehle zusammenzuballen, und ich konnte ihn bloß ansehen, den Kassettenrecorder vor mir wie einen Schild oder eine Opfergabe. Er nahm ihn mir aus der Hand.

»Ganz schön schwer«, sagte er.

Wir standen immer noch voreinander, und ich wusste nicht, was ich mit meinen Händen machen sollte. Ich hatte den unwiderstehlichen Drang, Grimassen zu schneiden oder rumzualbern, bloß um nicht so vor ihm dazustehen.

»Zeigst du mir deine Werkstatt?«, fiel mir schließlich ein.

Wir gingen ums Haus herum, berührten uns dabei fast. Ich spürte seinen Körper, seinen warmen Arm.

Das einzige Geräusch kam von unseren Schritten auf den Blättern.

»Wohnst du jetzt wieder hier?«, fragte ich.

»Nein. Ich will ab jetzt an den Wochenenden herkommen. Ich arbeite nicht mehr in der Werft.«

Die Werkstatt war ein kleiner Blechschuppen am hintersten Ende des Grundstücks. Die Tür klemmte ein bisschen, bevor sie sich öffnen ließ. Drinnen war der Boden aus gestampfter Erde. An der Wand stand eine Liege mit der Blumendecke, die ich in Maritos Zimmer gesehen hatte; in einer Ecke die Kistentrommel, die er aus Santiago del Estero mitgebracht hatte, und ein paar Bücher. An der gegenüberliegenden Seite ein Resopaltisch, ein bisschen schief, mit Metallbeinen, an der Wand darüber eine Korkplatte für sein Werkzeug.

»Vielleicht kannst du Sachen für Leute aus Buenos Aires reparieren«, sagte ich.

Er hatte den Kassettenrecorder auf den Tisch gestellt und fing an, die Werkzeuge so an die Korkplatte zu hängen, dass sie genau auf die vorgezeichneten Umrisse passten. Draußen bewegten sich die Bäume im Wind und mit ihnen das Sonnenlicht, und meine Gedanken sprangen hin und her, weil ich nicht wusste, was ich tun sollte: mich auf die Liege setzen, ihm eine Frage stellen zu seinen Werkzeugen, zu seiner Reise nach Santiago? Ich starrte den Kassettenrecorder auf dem Tisch an, als könnte er mir zu einer Idee verhelfen.

»Willst du dich nicht hinsetzen?«, fragte Marito, und ich setzte mich ans Ende der Liege, als hätte er es mir befohlen.

Er drehte den Stuhl um, damit wir uns gegenübersaßen, und beugte sich nach vorn, die Ellbogen auf die Knie gestützt, kratzte sich am Kopf. Das tat er nur, wenn er nervös war, und vielleicht beruhigte es mich deswegen.

»Was war denn mit Carmen?«, fragte er unvermittelt.

Auf die Frage war ich nicht gefasst.

»Das erzähl ich dir wann anders«, log ich.

Insgeheim war ich Carmen dankbar, dass sie ihm nichts gesagt hatte.

»Sie will heiraten«, sagte er.

Es fiel mir nicht leicht, über Carmen zu reden. Ich fühlte mich nicht berechtigt, etwas von ihr zu erfahren, mich über ihr Leben zu äußern.

»Ich vermisse sie sehr.« Ich war drauf und dran, zu erzählen, dass ich ihr zwei Briefe geschrieben hatte, tat es dann aber doch nicht. Wenn ich erst einmal anfing, würde ich alles sagen wollen, und Marito würde das, was ich getan hatte, unverzeihlich finden, das wusste ich.

Noch nie hatte ich so sehr das Bedürfnis gehabt, jemandem nahe zu sein, genau zu wissen, was er dachte. Wir hatten nie viel miteinander geredet, früher hatte es uns gereicht, zusammen zu sein. Jetzt hatte ich auf einmal ein Bewusstsein meiner selbst, das ich früher nicht gehabt hatte, und war völlig fixiert auf ihn, wartete auf ein Zeichen, an dem ich mich orientieren konnte. Ich wollte ihn fragen, warum er einfach gegangen war, so plötzlich, aber das ging auch nicht. Das war über ein Jahr her. Ob er die Berührung im Wasser vergessen hatte? Vielleicht hatte sie ihm nichts bedeutet.

»Sie und Emil gehen in die Armenviertel. Sie geben den Kindern Nachhilfe und kümmern sich um die Leute.«

Das waren seine Worte, *um die Leute*, und einen Moment lang spürte ich befremdet, dass ich zu einer anderen Welt gehörte, einer Welt, von der solche Leute ausgeschlossen waren.

»Das muss ein schönes Gefühl sein.« Ich dachte daran, wie Carmen und ich bei der Binsenernte Bier verteilt hatten.

Auf den Büchern lag eine Postkarte, darauf war eine Weggabelung abgebildet. Ich griff danach und drehte sie um. In wackligen Druckbuchstaben stand da *Frohe Weihnachten*, unterschrieben von seinem Cousin Caco. Marito hatte mir oft von Caco erzählt. Wenn er aus Santiago zurückkam, brachte er immer die Geschichten ihrer gemeinsamen Abenteuer mit, und mehr als einmal hatte er mir erzählt, welche Reisen und großen Dinge sie vorhatten, wenn sie alt genug waren.

»Was ist aus Caco geworden?«, fragte ich.

Marito zögerte mit der Antwort, wahrscheinlich überlegte er, wie er sich ausdrücken sollte.

»Er ist tot.«

Es gibt Dinge, die lassen sich einfach nicht abmildern, egal, welche Worte man benutzt. Ich kann mich von außen sehen, wie ich dasaß, mit der Postkarte in der Hand und dem Gefühl, dass sie jetzt eine Tonne wog, und nicht wusste, was ich damit machen sollte oder mit dem, was Marito gerade gesagt hatte. Was sollte ich darauf erwidern? Ich las wieder *Frohe Weihnachten* und sah wieder die Weggabelung an. Es hat wohl nur einen Moment gedauert, bis ich aufstand und ihn umarmte, aber jetzt kommt es mir vor, als wäre eine Ewigkeit vergangen. Er ließ es geschehen, saß kerzengerade auf dem Stuhl, sein Körper schien aus Holz.

»Wie ist es passiert?«, fragte ich.

»Er ist an Chagas gestorben.«

Es war das erste Mal, dass ich dieses Wort hörte, und es war mir peinlich, dass ich nicht wusste, wovon Marito redete. Es muss mir anzusehen gewesen sein.

»Das ist eine Arme-Leute-Krankheit«, fügte er hinzu.

Ich wartete, dass er noch mehr sagte, aber er blieb stumm, und ich ging zur Liege zurück und griff nach der Postkarte, weil ich nicht wusste, was ich sonst tun sollte.

Das Schweigen wurde von der Glocke gebrochen, die Mama immer läutete, wenn das Essen fertig war.

»Willst du nicht bei uns essen?«, fragte ich.

Er schüttelte den Kopf.

»Der Ärmste«, sagte ich.

Das war das schrecklichste Wort, das ich in diesem Moment sagen konnte, und kaum hatte ich es ausgesprochen, schossen mir Tränen in die Augen, weil ich es nicht zurücknehmen konnte, weil ich mir so unbeholfen vorkam, weil ich nichts tun konnte, weil Marito wieder da war und jetzt weiter weg schien denn je.

»Ich muss los«, sagte ich. »Soll ich nachher wiederkommen?«

Er hatte sich erhoben, und wir standen voreinander. Mir war, als würde ich mich nie wieder bewegen können, solange er da war. Wir sahen uns in die Augen, und zuerst verschwand sein Körper, dann sein Gesicht; es waren nur noch seine Augen da und öffneten sich mir zu einem grenzenlosen Raum. Ich spürte, dass es ihm genauso ging, als fänden wir auf dem Grund dieses Blickes zueinander und bräuchten nicht länger zu reden. Ich weiß nicht, wer sich als Erster auf den anderen zubewegte, er oder ich. Plötzlich lagen meine Fingerspitzen auf seiner Narbe, befühlten die winzige Kerbe an seinen Lippen. Später, ich weiß nicht wie viel später, küssten wir uns.

2

Die Chagas-Krankheit oder Südamerikanische Trypanosomiasis ist eine infektiöse Erkrankung und Parasitose, die durch den Erreger Trypanosoma cruzi hervorgerufen wird, einen Einzeller, der sich im Gewebe der Überträger unkontrolliert vermehrt.

Die Übertragung auf Säugetiere findet durch den Stich eines blutsaugenden Insekts statt, einer Raubwanze, die im allgemeinen Sprachgebrauch als Vinchuca-Wanze *bezeichnet wird.*

Der Körper der Vinchuca-Wanze besteht aus drei Abschnitten: Kopf, Brust (Thorax) und Hinterleib (Abdomen). Der Kopf ist länglich, bei den meisten Arten spindelförmig langgestreckt. Er besitzt zwei kugelförmige, vorspringende Augen, sog. Facettenaugen, zwei kleinere Punktaugen sowie zwei Fühler. Auf der Unterseite des Thorax setzen die Beine an, die dünn und lang sind. Ein großer Teil der Thorax-Oberseite wird von Flügeln bedeckt. Sichtbar ist ein Rand mit schrägen hellen Flecken, ein wichtiges Erkennungsmerkmal der Vinchucas.

Die Wanze versteckt sich vor allem in Ritzen im Boden und in den Wänden von Lehmhütten, in Strohdächern sowie hinter Möbeln und anderen Gegenständen. In Wohn-

räumen lässt sich Vinchuca-Befall relativ einfach anhand des Kots feststellen, der braungelb bis schwarz ist und sich wie Tintenspritzer über die Wände zieht.

Ich las im Bett, vor dem Schlafengehen, legte mir das Buch aufgeschlagen auf die Brust und betrachtete die glatten, weißen Wände meines Zimmers; die Reispapierlampe verlieh ihnen einen orangefarbenen Schimmer. Aus dem Schlafzimmer meiner Eltern war der Fernseher zu hören und durchs Fenster das ständige Rauschen des Verkehrs. In der Wohnung über uns lief jemand mit Absätzen hin und her. Ich hatte Durst und ging in die Küche. Ganz hinten schnurrte im Dunkeln der Kühlschrank, das Straßenlicht fiel auf die blitzblanke Arbeitsfläche, die Geschirrablage stand an der gefliesten Wand. Um diese Zeit hatte der Hausmeister sicher schon die Mülltüte abgeholt, die Mama abends an den Hinterausgang stellte. Immer wenn Mama in der Küche eine Kakerlake fand, rief sie den Verwalter an und machte ihm die Hölle heiß. Am nächsten Tag tauchte dann der Mann mit dem Rucksack auf, und wenn er wieder ging, ließ er einen leichten, aber unangenehmen Geruch in der Wohnung zurück, der sie zu beruhigen schien. Ich versuchte, mir ein Haus von der Größe unserer Küche vorzustellen, so wie Marito gesagt hatte, ein *Rancho* mit Lehmwänden voller Ritzen und einem Strohdach, in dem sich überall Vinchuca-Nester verbargen. Mit dem Glas Wasser ging ich in mein Zimmer zurück und legte mich wieder ins Bett. Marito hatte mir viel von Santiago erzählt, von den Nächten dort, ihren Geräuschen und der Stille, die in den Ohren dröhnte. Wie sie die Schlafliegen seiner Cousins an den Beinen zusammengebunden hatten, damit er auch noch Platz fand, und wie sie die Liegen im Sommer nach draußen stellten, unter die Bäume, um es ein wenig kühler zu haben. Wie er mitten in der Nacht manchmal hörte, wie sein Onkel und seine Tante Liebe machten. *In heißen oder warmen Nächten, wenn die Menschen sich zum Schlafen zurückziehen und das Licht löschen, kommen die Vinchucas aus ihren Verstecken; wenn sie sich an der Decke oder im oberen Teil der Wände befinden, lassen sie sich mit einem dumpfen Geräusch hinunterfallen, wie Regentropfen. Sie stechen die Schlafenden und saugen meist unbemerkt Blut, bevorzugt an Stellen mit dünnerer Haut, wie Lippen oder Augen. Währenddessen sondert die Wanze Kot ab. Die Infektion erfolgt nicht durch den Stich selbst, sondern durch unfreiwilliges Einreiben der erregerhaltigen Ausscheidung in die frische Stichwunde.*

Von nebenan war der Fernseher nicht mehr zu hören, aber in einer anderen Wohnung hatte jemand klassische Musik aufgelegt. Für meine Eltern war ein *Rancho* etwas Idyllisches, das war das Wort, das sie benutzt hätten. Heute glaube ich, dass der Unterschied zwischen dieser Sichtweise und der von Marito sozusagen den Weg spiegelt, den ich zurücklegen musste, um ihn nach und nach zu verstehen.

Als ich am nächsten Wochenende von der Chagas-Krankheit zu reden begann, war ich ganz stolz auf mich. Marito reparierte im Licht der Petroleumlampe einen alten Standmixer, den er aus Buenos Aires mitgebracht hatte, und ich saß auf der Liege und spielte die besorgte Expertin.

»Ich frage mich nur, wie es sein kann, dass sie nicht merken, wenn sie krank sind«, sagte ich irgendwann. »Wenn durch die Krankheit das Herz wächst, bis es x-mal so groß ist wie normalerweise, fühlt man sich bestimmt nicht besonders gut.«

Marito schraubte weiter am Mixer herum. Er hatte kein einziges Wort gesagt, seit ich mit dem Thema angefangen hatte.

»Wie können sie dann weiterarbeiten? Ich meine in der Landwirtschaft oder auf dem Bau …« Wieder wartete ich, dass er etwas sagte. »In dem Buch stand, dass die Krankheit symptomfrei ist, aber ich verstehe nicht, wie sie symptomfrei sein kann. Ich glaube, sie sollten sich besser nicht so anstrengen.«

Ich merkte selbst, dass ich gerade Blödsinn verzapft hatte, schließlich konnten sich die Leute, über die ich redete, ihre Arbeit nicht aussuchen, und meine Bemerkung war völlig daneben, aber Marito, der mich auf so was sonst immer hinwies, blieb weiterhin stumm.

Sein Rücken war nassgeschwitzt, er hatte den Mixer komplett auseinandergenommen und war jetzt auf ein winziges Teil konzentriert, bestimmt genau das, was kaputtgegangen war. Ich wollte ihn fragen, ob bei seinem Cousin das Auge angeschwollen sei und sich verfärbt habe, als ihn die Vinchucas gestochen hatten, ob er ihn gesehen habe. Ich wollte wissen, ob ihnen klar gewesen war, dass sein Cousin sterben konnte. Aber die Erinnerung musste für Marito sehr schmerzhaft sein. Vielleicht war er deswegen so schweigsam.

»Ich wusste gar nicht, dass Chagas eine der Hauptursachen für Kindersterblichkeit ist.« Ein weiterer Versuch von mir, ihn ins Gespräch einzubeziehen.

Er drehte sich auf dem Stuhl um und sah mich an, als überlege er, ob er sich überhaupt die Mühe machen solle, auf mich einzugehen.

»Du kapierst überhaupt nichts«, sagte er.

Schon wieder. Ständig rieb er mir unter die Nase, ich würde überhaupt nichts verstehen, ich hätte keine Ahnung.

»Was kapiere ich denn nicht?«

»In deiner Welt passieren solche Sachen nicht. Mein Cousin ist gestorben, weil ihn eine Wanze gestochen hat, die sich im Dach seines *Rancho* eingenistet hatte.« Er hielt weiterhin eine Schraube in der Hand, als wüsste er nicht, wo sie hingehörte. »Diejenigen, die dafür sorgen könnten, dass so was nicht passiert, schreiben lieber

Statistiken und dumme Abhandlungen über Kindersterblichkeit.« Er kehrte mir wieder den Rücken zu und nahm eine andere Schraube.

Ich hätte versuchen sollen zu verstehen, was er meinte, aber auch diesmal sah ich nur, dass er mir den Rücken zukehrte, dass er wütend auf mich war, und ich war so gekränkt, dass ich nicht mal aufstehen und ihn umarmen konnte, und gleichzeitig kam ich mir deswegen lächerlich vor, schließlich war alles nur ein großes Missverständnis.

»Weißt du noch, als Lucio klein war?«, fragte Marito.

Natürlich wusste ich das noch.

»Und jetzt überleg mal, wie du dich gefühlt hättest, wenn dir klar gewesen wäre, dass er jeden Tag hätte sterben können, wegen ganz banaler Sachen, wegen einer Wanze im Haus oder weil wir uns nicht richtig um ihn kümmern; wenn wir zum Beispiel nicht gewusst hätten, dass man Babys im Sommer viel zu trinken geben muss, weil sie sonst verdursten. Solche Sachen.«

Ich dachte an das Hochwasser und wie der Fluss die Kiste mit Lucio fortgetragen hatte.

»Ich weiß nicht, was wir gemacht hätten, wenn er damals ertrunken wäre.«

Marito ließ das fallen, was er gerade in der Hand hatte, und blieb ganz ruhig sitzen. Der Wind ließ seinen Schatten auf der Korkplatte tanzen, und die leeren Umrisse der Werkzeuge, die er gerade benutzte, wurden länger und verformten sich.

»So was jeden Tag, die ganze Zeit. Keiner weiß, wie das ist. Sie lesen Kindersterblichkeit und denken nicht, dass ihre eigenen Kinder tot sein könnten. Das ist das Problem. Solche Sachen passieren immer den anderen.«

Es war, als würde er gar nicht mit mir reden. Ich stand auf und umarmte ihn von hinten. Ich wusste nicht, was ich sonst machen sollte. Ich wusste nicht, warum er so wütend auf mich war. Ich hatte ihm doch nichts getan.

»Warum bist du eigentlich sauer auf mich?«, fragte ich.

Plötzlich flog die Tür auf, und Tordo stürmte in die Werkstatt. Als er uns sah, blieb er stehen und starrte uns an, als hätte er seinen größten Feind vor sich.

»Geh nach Hause«, befahl er mir.

Ich war zurückgewichen, Marito war aufgesprungen, beide standen wir vor Tordo, der mir mit dem Kopf die Tür wies. Ich sah Marito an, aber der hatte den Blick fest auf seinen Onkel gerichtet.

»Was hast du denn gegen sie?«, fragte er.

»Sie hat hier nichts verloren.«

Erst dann sah Marito mich an. Aus seiner Miene ließ sich nicht ablesen, was er dachte, aber er legte mir die

Hand auf den Rücken und schob mich sanft in Richtung Ausgang.

Tordo hatte Papiere in der Hand, und noch bevor ich draußen war, fuchtelte er damit vor Marito herum.

»In was für eine Scheiße hast du dich da bloß reingeritten?«

Ich verließ die Werkstatt und blieb draußen stehen, im Schutz der Dunkelheit. Ich konnte ihre Stimmen hören, Tordos empörten Ton.

Marito sagte etwas, ganz leise, ich hörte nur einzelne Wörter, die ich nicht in einen Zusammenhang bringen konnte.

»Und du gehst mit dem Mädchen von nebenan«, sagte Tordo. »Merkst du nicht, dass das eine nicht zum anderen passt?«

Marito erwiderte nichts.

Mir war eiskalt. Meine Zähne klapperten, und der Tau legte sich auf meine Kleider und meine Haare.

Tordos Ton wurde beschwörend.

»Steig aus der Sache aus, Kleiner«, sagte er. »Deiner Schwester hab ich das auch gesagt. Ihr seid noch zu jung. Lasst die Finger von solchen Geschichten.«

»Ich bin kein Kind mehr«, sagte Marito.

Als sie aus der Werkstatt kamen, versteckte ich mich im Dunkeln hinter der Elefantenohrpflanze. Ich sah sie wenige Meter vor mir vorbeigehen, ihre Gesichter und ihre Oberkörper wurden vom Schein der Petroleumlampe erhellt.

»Und hör auf, mit dem Mädchen rumzumachen«, sagte Tordo.

Sie gingen davon, zum Haus, aber bevor die Dunkelheit sie verschluckte, konnte ich noch etwas anderes hören.

»Die ist sowieso nichts für dich«, sagte Tordo.

3

Am nächsten Tag tauchte die Ungarin wieder auf. Ich saß nach dem Frühstück mit meinem Kaffee am Steg und wartete, dass Marito an Doña Ángelas Steg erschien oder herüberkam. Nach der Sache vom Vortag konnte ich an nichts anderes denken und mochte nicht hinübergehen. Wie wollten wir weiter zusammen sein, wo konnten wir uns treffen, wenn Tordo etwas dagegen hatte, dass wir uns sahen? Mal war ich sicher, dass wir jedes Hindernis überwinden konnten, mal verzweifelte ich bei der Vorstellung, dass wir nicht zusammen sein durften.

Mit dem Rücken zu mir trank Tordo drüben am Steg Mate und entwirrte Angelschnüre. Ich bemerkte, wie er sich der Mündung unseres Flussarms zuwandte, und gleich darauf hörte ich einen Motor. Es war die Yacht der Ungarin. Tordo machte mit seinen Angelschnüren weiter, aber sein Körper war steif geworden, ich sah ihm an, dass er sich am liebsten umgedreht hätte und nur so tat, als wäre er beschäftigt.

Die Ungarin fuhr an der Insel vorbei, ohne zu grüßen. Sie stand am Steuer, die Beine leicht gespreizt, den Blick starr geradeaus gerichtet. Neben ihr stand ein Mann. Sein Arm lag um ihre Taille, er rauchte eine Zigarre. Von weitem sah er aus wie der Vater der Ungarin auf dem Foto mit den Tauben. Vielleicht lag es am Haarschnitt oder am Unterkiefer oder der Art, wie er dastand, jedenfalls war er mir unsympathisch. Als sie sich entfernten, stand Tordo auf und ging Richtung Haus. Nach einer Weile hörte ich hinter dem Haus die Motorsäge. Die Angelschnüre waren auf der Bank liegen geblieben, die Sonne verfing sich in dem wirren Knäuel und ließ es schillern wie eine Seifenblase.

Als Marito gegen elf auftauchte, hatte Chico die Fähre genommen, und meine Eltern waren mit dem Boot zum Lebensmittelladen gefahren. Das Kreischen der Motorsäge hatte den ganzen Vormittag nicht aufgehört, und man hörte Äste fallen, einen nach dem anderen, als wollte Tordo den hinteren Teil des Grundstücks abholzen, bis es kahl war wie eine Wüste.

»Hast du die Ungarin gesehen?«, fragte Marito, als er sich neben mich setzte.

Er blickte zu unserem Haus und strich mir über den Arm.

»Meine Eltern sind nicht da«, sagte ich. »Ja, ich hab sie gesehen.«

»Sie hat einen Militär geheiratet«, sagte Marito.

Das hatten sie vor einem Monat von Virulana erfahren, aber Tordo hatte ihm nicht glauben wollen. Er wollte sogar regelrecht auf ihn losgehen, und sie hatten ihn alle zusammen bremsen müssen. Ich wusste von Tordo und der Ungarin nur das, was Carmen mir gesagt hatte und was ich mir aus Papas Bemerkungen zusammenreimen konnte, aber nie hatte jemand mir so davon erzählt, wie Marito es an diesem Vormittag tat. Tordo hatte die Ungarin jahrelang nicht nur an den Wochenenden gesehen, sondern war nach Buenos Aires gefahren, um sich mit ihr zu treffen. Von diesen Begegnungen kam er immer mit einem alten Lederkoffer voller Bücher zurück. Die hatte er alle gelesen. Jetzt, sagte Marito, habe er sie um sich herum wie eine Festung, er habe daraus Zimmerwände gebaut. Ich sagte ihm nicht, dass ich sie gesehen hatte.

»Diese Bücher haben unsere ganze Kindheit begleitet«, erklärte Marito. »Abends nach dem Essen, wenn es dunkel war, setzte Tordo sich in die Küche und las uns vor. Manchmal trug er sogar ganze Gedichte auswendig vor. Carmen ging ins Bett, aber ich hielt mich so lange wach, bis ich nicht mehr konnte und auf der Küchenbank einschlief.«

Tordo, so erzählte Marito weiter, hätte nach Buenos Aires gehen und dort sofort Arbeit finden können, er habe aber nie woanders als auf der Insel leben können. »Am Fluss«, sagte er. 1962 sei er in ein Apartment gezogen, das die Ungarin ihm überlassen habe, und habe in irgendeiner Firma angefangen.

»Irgendwo gibt es ein Foto von ihm mit Anzug und Krawatte, so was Albernes hast du in deinem ganzen Leben noch nicht gesehen.« Marito lachte. »Aber er hat es keinen Monat ausgehalten. Da hat sie ihn verlassen. Das war das erste Mal, dass sie ihn verlassen hat.«

Ich erzählte ihm, dass Carmen und ich sie beim Liebemachen gesehen hatten.

»Sie ist das Beste und das Schlimmste, was meinem Onkel je passiert ist«, sagte Marito.

Später dachte ich noch oft an diesen Satz. Wie bemisst man solche Dinge? Wenn jemand uns glücklich macht und wir später wegen demselben Menschen die schlimmsten Qualen erleiden, wie soll man diesen Himmel und diese Hölle dann einordnen? Das Leben geht weiter, man kann unmöglich wissen, wie es gewesen wäre, wenn wir uns nicht gerade in diesen Menschen verliebt hätten, sondern andere Türen geöffnet hätten. An dem Tag fragte ich mich, ob Marito das auch einmal über mich sagen würde und ob er genau das in diesem Moment auch überlegte. Wenn ich mich heute an diese Frage erinnere, merke ich, wie sinnlos und absurd unsere Gedanken über die Zukunft sind. Ich griff nach seiner Hand.

»Ich will das Beste sein, was dir je passiert.«

Er verflocht seine Finger mit meinen.

Ich hätte ihn gern gefragt, warum sein Onkel sich so über ihn aufgeregt hatte und warum er meinte, dass

Marito dann nicht mit mir zusammen sein könne, aber ich wollte ihm nicht sagen, dass ich gelauscht hatte.

Tordo tauchte am Ufer auf, die Arme beladen mit einem Stapel Holzstämme. Sein Oberkörper war nach hinten gebogen, die Stämme verdeckten sein Gesicht. Er stieg ins Boot, das am Ufer vertäut war, und kippte sie ins Heck. Er ging noch mehrmals hin und her. Das Gewicht drückte das Boot immer tiefer ins Wasser, und als nur noch ein schmaler Rand überstand, machte er das Seil los, stieg in die Lücke, die er in der Mitte gelassen hatte, und hängte die Ruder in die Gabeln. Er hatte uns gesehen, sagte aber nichts.

Marito stand auf und ging die Stufen am Steg hinunter.

»Das Boot ist aber schwer beladen, Onkel!«, rief er.

Tordo reagierte nicht und ruderte flussabwärts davon.

»Wo will er hin?«, fragte ich.

Marito schien nicht zu wissen, was er tun sollte. Er stieg ein paar Stufen herauf, dann wieder hinunter und sah seinem Onkel nach.

»Wenn die Fähre vorbeifährt, geht er unter. Er ist verrückt«, sagte er.

Tordo entfernte sich immer weiter. Zu sehen war gerade mal ein Stück seiner Wollmütze über den Stämmen, an den Seiten die Ruder und ein schmaler Streifen des Boots.

Marito klatschte mit der Hand auf das Geländer am Steg, stieg die Stufen hinauf, ohne seinen Onkel aus den Augen zu lassen, und rannte über die Hängebrücke. Ich folgte ihm.

»Bleib da«, rief er, als er merkte, dass ich hinter ihm am Ufer entlanglief.

Ich hörte nicht auf ihn.

Hinter dem Land von Doña Ángela beschrieb der Fluss eine Kurve, und dann kam ein Grundstück mit einem verlassenen Gebäude, das einem Anglerverein gehört hatte. Dort, wo früher der Garten gewesen war, war jetzt alles überwuchert, wir kamen kaum vorwärts, schnitten uns am Pampasgras und stolperten über Baumstümpfe. An manchen Stellen war der Boden sumpfig. Zwischen den Bäumen am Ufer sahen wir das Boot fahren. Meine Turnschuhe sanken in den Schlamm ein, die nassen Hosenbeine klebten mir an den Knöcheln. Marito bewegte sich mit großen Schritten vorwärts. Am anderen Ende zog sich ein Graben am Grundstück entlang, und er sprang. Ich war gerade ebenfalls gesprungen, als wir hinter uns den Motor einer Yacht hörten. Marito rannte ans Ufer.

»Scheiße«, sagte er und sprang ins Wasser.

Er lief weiter, schon bis zur Hüfte im Wasser, zog seinen Pulli aus und begann ihn hin und her zu schwenken wie eine Fahne.

»Beidrehen!«, schrie er.

Ich lief am Ufer entlang zu einer kaputten Anlegestelle ein Stück weiter vorn und begann hochzuspringen und dabei mit den Armen zu rudern. Der Mann mit blauem Blouson und Schirmmütze am Steuer der Motoryacht schien das Ruderboot vor ihm nicht gesehen zu haben. Marito schrie weiter. Die Yacht fuhr direkt an uns vorbei. Am Heck saßen zwei Frauen an einem Tisch mit Drinks. Sie trugen große schwarze Sonnenbrillen und hatten das Gesicht der Sonne zugewandt. Die eine bemerkte Marito und schien dem Mann etwas zuzurufen. Ich weiß, dass der Mann uns sah. Er blickte Marito an und dann mich, ohne das Tempo zu drosseln. Als er das Ruderboot überholte, brach sich das Kielwasser der Yacht – eine riesige Welle – seitlich am Boot und brachte es zum Kentern.

Tordo fiel ins Wasser. Die aufgestapelten Baumstämme kamen ins Rollen, klatschten ins Wasser, tauchten kurz unter, kehrten an die Oberfläche zurück und schwammen um das Ruderboot herum, das mit dem Kiel nach oben im Wasser trieb. Erst da verlangsamte der Mann die Fahrt. Die Frauen am Heck waren aufgestanden und sahen in unsere Richtung. Tordo tauchte auf und legte die Arme auf den Bootsrumpf. So verharrte er, ganz still. Das Ruderboot driftete weiter ab, kieloben, umringt von Baumstämmen, mit Tordo an den Rumpf geklammert, während die Frauen und der Mann zuschauten, als sähen sie einen Film. Marito kam aus dem Wasser und lief am Ufer entlang, bis er auf der Höhe seines Onkels war. Ich folgte ihm. Der Mann rief etwas, und eine der Frauen warf einen orangefarbenen Rettungsring, der aber am Heck festgebunden war und hinter der Yacht herschwamm, ins Kielwasser, ein nutzloser Rettungsring, den Tordo nicht einmal zu sehen schien.

Irgendwann schnitt uns ein Seitenarm den Weg ab, der zu breit war, um hindurchzuwaten. Marito und ich blieben stehen. Er hatte Tränen in den Augen.

Der Motor der Yacht arbeitete nicht mehr, sie wurde aber von der starken Strömung weitergetrieben, und der Mann schien nicht zu wissen, was er tun sollte.

»Dreh um, du verdammter Idiot!«, schrie Marito.

Tordo rührte sich nicht, das Gesicht an den Rumpf des Boots gedrückt.

So standen wir da, ohne eine Lösung zu finden, bis Virulana mit seinem schwimmenden Laden auftauchte und so schnell herbeifuhr, wie sein kleiner Motor es ihm erlaubte. Er näherte sich dem Ruderboot parallel und stellte den Motor ab. Ihm gelang es endlich, Tordo aus seiner Erstarrung zu reißen, und mit vereinten Kräften drehten sie das Boot um und sammelten die Stämme ein, die sie zu fassen bekamen. Die anderen trieben mit der Strömung davon, zusammen mit dem orangenen Rettungsring, den Frauen und dem Mann mit der Schirmmütze.

4

Bei meinen Eltern durchzusetzen, dass ich mit dem Linienbus von der Schule nach Hause fahren durfte, war ein Meilenstein für mich gewesen. Nun schon seit einem Jahr ging ich jeden Nachmittag nach der Schule die zehn Blocks bis zur Haltestelle in der Calle Maipú zu Fuß mit einem neuen Gefühl von Freiheit, als würde jetzt ein viel besseres Leben für mich beginnen. Manchmal bot Lucila Atkins, die bei uns in der Nähe wohnte, mir an, mich mitzunehmen. Ich lehnte fast immer ab, aber an diesem Tag, mehrere Monate nach dem Wiedersehen mit Marito, sagte ich ja. Ich hatte mit einer Zeichnung von der Insel begonnen und wollte rasch nach Hause, um daran weiterzuarbeiten.

Es regnete. Ich verließ das Schulgebäude unter Lucilas Regenschirm, und sie erzählte mir gerade von einem Streit, den sie wegen irgendwas mit Antonio gehabt hatte. Federico, ihr Bruder, war sie abholen gekommen und gab uns vom Auto aus ein Zeichen. Ein paar Meter dahinter, in einer roten Kapuzenjacke und dem Regen ausgesetzt, stand Marito.

Er winkte mir zu, lächelte mich an. Ich blieb stehen, unschlüssig, was ich tun sollte. Ich sah Lucila an und dann wieder Marito und konnte aus irgendeinem Grund keinen Schritt machen, als würde mein Körper durch widersprüchliche Anweisungen gelähmt. So unverhofft waren meine beiden Welten noch nie aufeinandergestoßen. Schließlich ging ich zu Marito und umarmte ihn. Lucila und Federico schützten sich mit dem Schirm und starrten mich an, als wäre ich verrückt geworden.

Ich zog Marito am Arm und ging zu ihnen.

»Das ist Marito«, sagte ich.

Federico gab ihm die Hand, und Lucila zögerte einen Moment, bevor sie ihn mit einem Kuss auf die Wange begrüßte.

»Er holt mich ab«, fügte ich hinzu.

Ich war total verlegen, als stünde ich plötzlich splitternackt vor zwei gefährlichen Menschen. Federico verabschiedete sich mit einer Kopfbewegung.

»Los, komm«, sagte er zu seiner Schwester.

Ich hatte das Gefühl, sie stiegen schnell ins Auto, um über mich zu lästern. Ganz sicher bin ich mir nicht, ob ich das wirklich gleich dachte oder erst später, als das mit Federico passierte. Aber manchmal kommt es mir so vor, als würde die zeitliche Abfolge für mich nicht gelten, als könne ich Dinge ahnen, die erst später eintreten, als würde etwas von der Zukunft in die Gegenwart einsickern.

»Sind das Freunde von dir?«, fragte Marito, als wir in Richtung Maipú zur Bushaltestelle gingen.

»Nein«, sagte ich. »Sie ist in meiner Klasse, aber sie ist nicht meine Freundin. Er ist der Ponyboy, den Carmen nachgeahmt hat, als ich so deprimiert war, weil keiner mich zum Tanzen aufgefordert hat, weißt du noch?«

Marito blieb stehen und nahm mich in die Arme. Wir küssten uns.

»Du bist ja ganz nass.« Er zog die Jacke aus und hielt sie über uns beide.

Wir küssten uns weiter. Der Regen trommelte auf unseren provisorischen Regenschutz, und auf der Straße fuhren die Autos fauchend wie riesige Reptilien vorbei.

Eine Stunde später setzten wir uns an einen Tisch im La Giralda in der Calle Corrientes. Ich rief zu Hause an und schwindelte, ich sei bei einer neuen Freundin, erfand einen Namen, damit Mama die Nummer nicht hatte, und bevor sie mich noch etwas fragen konnte, legte ich unter dem Vorwand auf, die Mutter meiner Freundin brauche das Telefon. An der Wand lehnte eine Frau mit ganz kurzen Haaren und beobachtete mich rauchend. Sie amüsierte sich über mich, das spürte ich. Marito hatte einen Tisch am Fenster ausgesucht, und ich setzte mich ihm gegenüber. Die Corrientes war voller Leute. Sie liefen durch den Regen, rempelten sich an, wichen einander aus, drängten sich unter den Dachvorsprüngen zusammen, um nicht nass zu werden. Die Farben der Busse schillerten im Licht der Leuchtreklamen der Theater, überall war Lärm, eine wirre Mischung aus Stimmen und Geschrei und Hupen und Musik, die von irgendwoher kam. Ich war noch nie an einem so lauten Ort gewesen, so voller ganz verschiedener Menschen. Marito hatte mich an der Hand genommen und ins Herz einer Stadt geführt, von der ich nur einen winzigen Ausschnitt kannte.

Wir bestellten heiße Schokolade mit *churros* und hielten auf dem Tisch Händchen.

»Du bist noch nie in der Corrientes gewesen?«, fragte Marito, als unsere Bestellung gebracht wurde.

Ein paarmal war ich mit Mama ins Kino Los Ángeles gegangen, aber das war schon Jahre her, und auf der Straße hatten wir uns bestimmt nicht länger aufgehalten, als nötig war, um in ein Taxi zu steigen. Marito war nie im Kino Los Ángeles gewesen.

»Es kann doch nicht sein, dass du die Corrientes nicht kennst«, sagte er.

Ich zuckte die Achseln.

»Es ist, als wärst du eine Fremde in deinem eigenen Land.«

Eine Dicke in einem engen grünen Pulli kam an unseren Tisch und fragte nach einer Zigarette. Sie beugte sich aufreizend über Marito, während er nach einem Päckchen in seiner Hemdtasche griff. Ich hatte ihn noch nie rauchen sehen. Sie zündete die Zigarette an und blies den Rauch zu uns, ohne Marito aus den Augen zu lassen. Sie stank nach Tabak. Als sie davonging, wiegte sie sich in den Hüften wie eine Katze, und unter der nassgeregneten Jeans zeichnete sich ihr riesiger Hintern ab.

»Die ist ja frech«, sagte ich.

»Warum denn?«, fragte Marito. »Nicht alle Leute haben Geld, um sich zu kaufen, was sie wollen.«

Wieder warf er mir vor, in einer Luftblase zu leben. Er sagte, es gebe viele Leute, deren Leben ganz anders aussehe als das, was ich kannte. Das war mir völlig klar, aber die Nonnen in meiner Schule mahnten uns immer, Gott dafür zu danken, dass wir in so privilegierte Familien hineingeboren worden waren, und hatten uns von der Grundschule an eingetrichtert, eher gehe ein Kamel durch ein Nadelöhr, als dass ein Reicher in das Reich Gottes gelange. Maritos Bemerkung gab mir wieder das Gefühl, außerhalb seiner Welt zu sein, als stünden er und die Dicke auf einer Seite der Wand und ich auf der anderen. Trotzdem kommt es mir heute so vor, als markiere erst dieser Nachmittag den Beginn des Gesprächs, das er und ich über einen langen Zeitraum führten, den Auftakt zu dem Dialog, in dem ich mich immer wieder von ihm kritisiert fühlen sollte.

Ich glaube nicht, dass wir länger als zwei Stunden im La Giralda saßen. Marito sah die ganze Zeit zum Fenster hinaus, sein Blick sprang zwischen meinem Gesicht und der Tür hin und her und von dort zu den Nachbartischen. Bisher hatte ich ihn immer auf der Insel erlebt, aufs Angeln oder unsere Gespräche konzentriert, mit ruhigem, intensivem Blick, etwas Unbefangenem, das ich an ihm bewunderte. Diesen zerstreuten, nervösen Marito kannte ich gar nicht. Die Gegenwart der anderen, die Gesichter der Menschen, die das Café betraten und verließen, schienen ihn zu beunruhigen.

Kurz darauf brachte er mich zum Bus. Wir verabschiedeten uns ohne Kuss. Vom Rückfenster aus sah ich ihn in seiner roten Jacke an der Haltestelle stehen, mit seinen dünnen Beinen und seinem angespannten, irgendwie veränderten Gesicht. Er winkte mir nach, ich winkte zurück und drückte die Lippen auf die kalte Glasscheibe. Es hatte mich so glücklich gemacht, dass er mich von der Schule abgeholt hatte, aber jetzt wusste ich nicht, was ich über uns denken sollte. Auf der Straße rannten Leute ohne Schirm von einem trockenen Plätzchen zum nächsten. An den Haltestellen stiegen Männer und Frauen in den Bus, ihr Haar war an den Kopf geklatscht, ihre Wollpullover rochen feucht. Ich fragte mich, ob sie heute Abend etwas essen würden, ob sie zu Hause ein trockenes, warmes Bett hatten, ob jemand sie in den Arm nehmen und ihnen das Gefühl geben würde, dass das Leben schön war. In gewisser Hinsicht war es, als sähe ich sie zum ersten Mal.

5

Federicos Anruf an diesem Donnerstag kam völlig überraschend. Er fragte mich, ob ich am nächsten Abend zu einer Party in San Isidro mitkommen wolle. Eigentlich hatte ich gar keine Lust dazu, aber gleichzeitig fühlte ich mich geschmeichelt und hörte mich selbst sagen, dass ich gern mitkäme – als wäre ich noch immer das Mädchen von vor zwei Jahren, das bei so einer Party an der Wand stand und sich sehnlich wünschte, Federico oder einer seiner Freunde würden auf sie zukommen und sie zum Tanzen auffordern.

Er holte mich mit dem Auto seines Vaters ab. Lucila und Antonio saßen auf der Rückbank, und während der Fahrt in den reichen Vorort diskutierten die beiden Jungs darüber, warum Federico das Angebot seines Vaters, in den USA zu studieren, nicht angenommen hatte.

»Der liebe Gott verteilt Brot an Leute, die es nicht beißen können«, sagte Antonio.

Federico warf ihm vor, neidisch zu sein. Er habe eben keine Lust zu studieren, schon das Abitur mache er nur, weil sie ihn dazu gedrängt hätten; sein Onkel scheffle Geld mit einer Wechselstube und habe ihm angeboten, bei ihm einzusteigen.

»Dafür muss man nicht studieren. Dafür braucht man das hier«, sagte er und tippte sich an die Schläfe.

Antonio sah das anders. Sein Geld mit schmutzigen Dollargeschäften zu verdienen war für ihn dasselbe, wie in einem Spielcasino zu zocken, und das war illegal.

»Was heißt schon illegal?«, fragte Federico. »Das ist der einzige Weg, um in diesem Land zu Kohle zu kommen.«

Sie fragten mich, was ich studieren wolle.

»Literatur«, sagte ich.

»Philosophie und Literatur«, sagte Federico.

»Nein. Literatur. Der Fachbereich heißt Philosophie und Literatur, aber es sind zwei unterschiedliche Studiengänge.«

»Dann willst du also endlich lesen lernen?«, fragte Federico und lachte, als hätte er gerade den besten Witz seines Lebens gemacht.

Er fuhr schnell. Ab Acassuso begann er bei Rot über die Ampeln zu fahren. Ich hatte meine Zusage ja schon in dem Moment bereut, als ich den Hörer aufgelegt hatte, aber jetzt wünschte ich mir, der Abend wäre möglichst schnell vorbei.

Die Party fand in einem Haus über dem Río de la Plata statt. Eine Fensterfront ging auf die Uferböschung hinaus, und in der Ferne waren die Lichter der Bojen und ein paar Frachtschiffe zu sehen. Es waren viele Leute da, mit Weingläsern in der Hand, lauter Grüppchen, sie saßen auf den Sesseln, manche unterhielten sich auf einer Terrasse hinter der Fensterfront. Die Musik war laut, und im Esszimmer, vom Wohnzimmer durch eine Schiebetür abgetrennt, stand ein großer Tisch mit Platten voller Aufschnitt, Brot in verschiedenen Größen und Soßen, damit man sich Sandwichs machen konnte. Auf einem anderen langen Tisch an der Wand standen Weinflaschen und Behälter mit Eiswürfeln fürs Bier. Die Gastgeberin, die mit Antonio Jura studierte, war dünn, blass und stark geschminkt. Sie hieß uns am Arm eines Freundes willkommen, der mir die Hand in den Nacken legte, als er mich mit einem Kuss auf die Wange begrüßte.

»Diese Party ist ja cool«, sagte Lucila, während sie sich ein Sandwich machte. »Verglichen damit geht's bei uns zu wie im Kindergarten.«

Es stimmte schon, alle waren älter als wir, und ich ging zwar nicht mehr zu den Partys meiner Mitschülerinnen, aber die hier wirkte lockerer als alle, die ich miterlebt hatte. Federico reichte mir ein Glas Wein. Ich hatte noch nie auf einer Party Alkohol getrunken.

Als ich das Glas geleert hatte, waren die Stimmen lauter geworden, und vor einem Regal mit in Leder gebundenen Büchern und silbernen Fotorahmen mit

Familienbildern hatte ein Grüppchen Gäste zu tanzen begonnen.

Antonio schlug vor, wir sollten auch tanzen, und Federico schenkte mein Glas noch einmal voll. Ich wollte nicht mehr trinken. Als wir am Bücherregal vorbeigingen, stellte ich das Glas auf ein Brett. Zum ersten Mal überhaupt wurde ich auf eine Party ausgeführt und musste dabei die ganze Zeit an Marito denken. Mir schien, als hätte ich ihn noch nie so vermisst. Ich tanzte lustlos und versuchte mir nicht anmerken zu lassen, wie unwohl ich mich fühlte. Aber ich konnte Federico nicht anlächeln, wenn er sich auf mich zubewegte und die Arme vor mir ausbreitete; ich fühlte mich einfach nicht imstande, darauf einzusteigen. Neben uns machten Antonio und Lucila witzige Schritte, sie ahmten John Travolta nach, indem sie den Arm ausstreckten, und zeigten lachend mit dem Finger auf uns. Ich trank doch noch Wein, um endlich lockerer zu werden, mitmachen zu können. Federico sah mich die ganze Zeit an, er fand bestimmt, dass ich langweilig war und mich ganz zu Recht nie jemand zum Tanzen aufgefordert hatte.

»Lass uns in den Garten rausgehen«, sagte er auf einmal.

Ich folgte ihm halbherzig. Mein Körper fühlte sich ganz leicht an, als würde der Boden nachgeben, wenn ich meine Füße aufsetzte. Mein Kopf dagegen war schwer. Als Federico mich an der Hand fasste, um mich zwischen den Leuten hindurchzuführen, wollte ich mich losmachen, tat es aber nicht. Er führte mich bis zum Rand der Uferböschung und setzte sich an den Stamm eines Amberbaums, der von unten angestrahlt wurde. Die Blätter filterten das Licht mit einem rötlichen Ton. Er zog mich am Arm, und ich landete mit einem dumpfen Geräusch neben ihm. Er legte mir den Arm um die Schultern und zog mich an sich.

»Nicht«, sagte ich.

Meine Stimme hallte in der Luft nach.

»Was nicht?«, fragte er.

Er ließ nicht locker. Ich versuchte aufzustehen, aber er zwang mich, sitzen zu bleiben.

»Was nicht?«, fragte er wieder und versuchte, mich zu küssen.

Er roch nach Wein, und so aus der Nähe fand ich sein Gesicht unangenehm, als hätte es sich im Dunkeln plötzlich in eine Maske verwandelt. Ich rückte von ihm ab, aber er rückte nach. Da riss ich mich mit Gewalt los, und diesmal schaffte ich es, aufzustehen.

»Mich willst du abblitzen lassen?«, fragte er.

Ich lief ins Haus. Ich wusste nicht, was ich tun sollte, ich wollte gehen, aber wie? Er kam mir nach.

Das Wohnzimmer war voller Leute. Sie hatten das Licht ausgeknipst, und die Wände um die improvisierte Tanzfläche herum schimmerten bläulich. Lucila und Antonio tanzten eng umschlungen und küssten sich. Ich ging zu ihnen und blieb einfach stehen, ohne einen Ton zu sagen. Federico kam auch dazu.

»Ich bring die da nach Hause«, sagte er fast schreiend.

Lucila und Antonio hörten auf zu tanzen und sahen uns verwundert an.

»Deine Freundin steht anscheinend nur auf Prolls«, sagte Federico.

Ich hätte gern irgendwie reagiert, ihn beleidigt, hörte aber nur stumm zu. Meine ganze Energie war darauf gerichtet, mich irgendwie aufrecht zu halten. Ich wollte nicht mit ihm Auto fahren, war aber noch nie in so einer Situation gewesen. Für ein Taxi hatte ich kein Geld, und sonst kannte ich niemanden. Meine Eltern konnte ich auch nicht anrufen.

Im Auto fiel kein Wort. Ich beobachtete Federico aus den Augenwinkeln, sein Blick war starr nach vorn gerichtet, seine Kiefer zusammengepresst. Die Gehwege waren leergefegt, ich stellte mir voller Neid vor, wie die Menschen hinter den dunklen Fenstern in ihren Betten lagen und schliefen. Ich gab mir Mühe, mich nicht zu bewegen, kein Geräusch zu machen, als könnte ich verschwinden, bis ich vor meiner Haustür ausstieg. Als wir in die Avenida del Libertador einbogen, drückte Federico das Gaspedal durch. In Beccar stoppte uns eine Polizeistreife. Sie strahlten uns von außen mit einer grellen Lampe an und forderten uns brüllend auf auszusteigen. Ein Polizist stieß Federico gegen das Auto, der andere tat dasselbe mit mir. Wir mussten die Hände aufs Dach legen. Der Polizist, der hinter mir stand, drückte mich mit dem Körper gegen das Auto. Ich spürte, wie er mich abtastete, seine Handflächen wanderten nach unten bis zur Taille, zur Hüfte, dann die Beine hinunter und wieder hinauf. Federico sagte etwas von seinem Vater – sein Vater hatte einen Posten im Wirtschaftsministerium –, und der Polizist fasste mir mit der warmen Hand zwischen die Beine. Sein Gesicht tauchte von hinten neben meinem auf, er grinste.

»Na, bist du nass, du Flittchen?«, flüsterte er mir ins Ohr.

Ich war zwischen ihm und dem Auto eingeklemmt. Auf der anderen Seite konnte ich Federico sehen, den Kopf mit dem blonden Haar gesenkt, die Hände auf dem Autodach.

»Warten Sie!«, schrie er. »Lassen Sie mich meinen Vater anrufen.«

»Immer das gleiche!«, sagte der Polizist. »Hat keine Papiere und will seinen Papi anrufen.«

Ich hatte meinen Ausweis sehr wohl dabei, aber sie sagten, sie würden uns auf die Wache bringen, um unsere Personalien zu überprüfen. Ich wollte den Kopf heben, aber der Polizist verhinderte es mit Gewalt und schlug mir die Stirn gegen das Autodach.

»Ganz ruhig«, sagte er.

Meine Beine zitterten, und mir war speiübel. Auf der Straße fuhren die Autos vorbei. Ich sah uns von außen, als säße ich in einem davon. Ein verhaftetes Pärchen: Was hatten wir wohl angestellt, dass sie uns so behandelten, breitbeinig und mit erhobenen Armen ans Auto gedrückt, das Blaulicht des Streifenwagens, das im Sekundentakt über unsere Körper huschte, die gesenkten Köpfe, die Gesichter der Polizisten. Niemand hielt an, um zu fragen, was los war. Niemand wollte Ärger.

Ich bekam nicht mit, woher der dritte Polizist kam. Er muss die ganze Zeit dagewesen sein, aber ich hatte ihn nicht gesehen. Er hatte ein Funkgerät, und eine abgehackte Stimme sagte etwas, das ich nicht verstand.

»Lasst sie«, sagte dieser Dritte. »Wir müssen nach La Lucila.«

Der Polizist, der neben mir stand, packte mich am Nacken und zwang mich, den Kopf zu heben.

Dann fuhren sie weg.

6

Ich hätte nie gedacht, dass ich mir beim Nachhausekommen einmal so sehr wünschen würde, meine Mutter möge aufwachen und mich fragen, wie die Party gewesen war. Ich war vor ihrer Tür stehen geblieben, und auf einmal war mir wieder speiübel geworden. Jetzt saß ich mit einem sauren Geschmack im Mund auf der geschlossenen Toilette und lauschte auf jedes Geräusch. Ich glaube nicht, dass ich meiner Mutter hätte erzählen können, was passiert war, aber ich stellte mir vor, wie sie in der Tür auftauchte, in ihrem rosa Morgenmantel und mit dem zarten Duft, den sie immer an sich hatte, wenn sie gerade aus dem Bett kam; das war es, was ich in diesem Moment am allermeisten gebraucht hätte. Ich putzte mir die Zähne und ging unter die Dusche, ließ die Tränen laufen, während das heiße Wasser mir über Gesicht und Körper strömte, den Schmutz abwusch, mich wieder wärmte. Im Bett weinte ich weiter. Es war drei Uhr morgens, und in der Wohnung war es dunkel und still. Als ich einschlief, sangen schon die ersten Vögel.

Stunden später wachte ich vom Trommeln des Regens auf. Ich hörte, wie Mama das Frühstück machte, wollte aber nicht aufstehen. Wenn es regnete, würden wir nicht zur Insel fahren, und plötzlich fand ich, ich hatte gar keinen Grund aufzustehen, ich konnte für immer im Bett bleiben, das Gesicht zur Wand gedreht, ein leeres Leben. Außerdem war ich überzeugt, dass ich Marito nie wieder in die Augen sehen konnte, dass der gestrige Abend mich von ihm getrennt hatte, Spuren an mir hinterlassen hatte, die nicht zu übersehen waren.

Gegen Mittag klopfte meine Mutter an die Tür, sie wollten ins Restaurant essen gehen, ob ich mitkommen wolle. Ich sagte, ich hätte keinen Hunger und bliebe lieber zu Hause. Mir war klargeworden, dass es nur einen einzigen Menschen gab, dem ich erzählen konnte, was passiert war: Carmen. Ihr wäre es gelungen, mir klarzumachen, dass alles nicht so schlimm war. Das war immer so gewesen. Dass ich sie verloren hatte, machte mich plötzlich todtraurig. Als meine Eltern vom Mittagessen zurückkamen, saß ich vor dem Fernseher, und sie erzählten mir, sie hätten im Restaurant zufällig eine Freundin getroffen, die sie vor Jahren aus den Augen verloren hatten. Sie waren guter Laune, ganz begeistert über die unverhoffte Begegnung. Sie merkten nichts, und ich begriff, dass es Dinge gibt, die man mit sich herumträgt und die niemand wahrnehmen kann, und dass darin die wahre Einsamkeit besteht: nichts zu sagen und bei niemandem Trost zu finden, den Trost nicht einmal zu suchen, als wäre für die Dinge, die am meisten weh tun, nur das Schweigen bestimmt.

Auch später erzählte ich nie jemandem, was in dieser Nacht passiert war. Das ganze folgende Wochenende spürte ich immer wieder den Impuls, mit Marito darüber zu reden, aber ich hatte Angst. Ich konnte ihm nicht sagen, dass ich mit Federico auf einer Party gewesen war, und schon gar nicht, dass ich nichts gesagt hatte, als sie ihn, Marito, beleidigt hatten. Mein ganzes Verhalten erschien mir unverzeihlich, und ich war sicher, dass er mich hart kritisieren würde. Er schien etwas zu ahnen, denn er sagte mehrmals, ich sei komisch, und am Samstagnachmittag bat er mich um Verzeihung für die Art, wie er mich im La Giralda behandelt hatte. Er sagte, manchmal werde er wütend, ohne recht zu wissen, warum, ihm sei ja klar, dass ich nicht so sei wie viele andere, denen ihre Mitmenschen völlig egal waren. Ich hörte ihm zu und hätte am liebsten geweint, aber ich konnte nicht in Worte fassen, was in mir vorging. Ich wollte ihm sagen, dass unser Streit im La Giralda nichts mit meiner Stimmung zu tun hatte, aber auf einmal war ich mir nicht mehr so sicher. In meinem Kopf liefen immer wieder die Szenen von Freitagnacht ab, und jedes Mal, wenn Marito mich streichelte oder küsste, hatte ich das Gefühl, ich hätte es nicht verdient, ich hätte ihn betrogen. Draußen war die Landschaft eintönig geworden, und es war kalt, aber der Himmel war strahlend blau; die Luft schien aus Glas zu sein, so kristallklar und eisig, als würde sie jeden Moment zerbrechen.

Tordo war nicht da. Marito sagte, vielleicht sei er irgendwo am Durazno, in einem aufgegebenen Sägewerk, und kampiere dort ein paar Tage. Es war nicht das erste Mal, dass er verschwand. Und Doña Ángela hatte nichts dagegen, dass wir zusammen waren. Am Samstag Mittag half ich ihr, einen Linseneintopf zu kochen, und wir aßen zu dritt in der Küche. Bartolo kroch unter den Tisch und legte den Kopf auf meine Füße. Er war der Einzige – so kam es mir vor –, der wusste, was mit mir los war, und der mich nicht verstehen musste, um bei mir zu sein, bedingungslos. Ihm hätte ich wirklich alles erzählen können.

Am Spätnachmittag, als ich nach Hause ging, saßen meine Eltern im Wohnzimmer und warteten auf mich.

»Findest du nicht, dass du zu viel Zeit mit diesem Jungen verbringst?«, fragte Papa.

»Mit welchem Jungen?«, fragte ich.

»Mit Marito, Alma«, sagte Mama. »Ihr seid keine Kinder mehr, und Carmen ist nicht da.«

Es wirkte, als wollte sie noch etwas hinzufügen, aber stattdessen sah sie Papa an, als bräuchte sie Hilfe, um die richtigen Worte zu finden.

»Es erscheint uns nicht passend, dass du so viel Zeit mit ihm verbringst«, sagte Papa.

»Warum?«, fragte ich.

Ich ging zum Kamin und rückte mit dem Schürhaken die Holzscheite zurecht. Das Feuer sprühte Funken. So, mit dem Rücken zu ihnen, war es für mich leichter, Kraft zu sammeln, um ihnen zu antworten, aber als ich mich wieder hinsetzte, sagten sie nichts weiter. Ich hörte die Eiswürfel in Papas Whiskyglas klirren.

»Marito ist mein bester Freund«, fügte ich hinzu.

Mama rutschte im Sessel hin und her. Bei solchen Gesprächen sagte sie nie viel, sondern sah Papa an. Aber ich spürte immer, dass eigentlich sie hinter seinen Worten steckte, wie ein Bauchredner, als hätten sie abgesprochen, was sie sagen wollten.

»Ihr seid sehr verschieden, Marito und du«, sagte Papa.

»Das finde ich nicht«, entgegnete ich. »Marito hat viel mehr mit mir gemeinsam als alle Jungen in Buenos Aires.«

Mama seufzte.

»Ich verstehe gar nicht, warum ihr euch den Kopf darüber zerbrecht, dass ich einen Freund habe«, sprach ich weiter. »Was wollt ihr eigentlich? Dass ich immer allein bin?«

Das war ein gutes Argument, das wusste ich. Sie

machten sich Sorgen, weil ich so viel Zeit allein verbrachte, und einmal hatte ich sie sagen hören, es sei nicht gut für mich gewesen, dass wir jedes Wochenende auf die Insel gefahren waren. Jetzt sagten sie, ich solle vielleicht anfangen, Freundinnen auf die Insel einzuladen. Ich sei immer bei den Nachbarn gewesen, aber jetzt stünden die Dinge anders.

»Ich habe keine Freundinnen«, erwiderte ich.

Als ich den Satz aussprach, merkte ich, dass das sogar stimmte. Meine einzigen richtigen Freunde waren Carmen und Marito gewesen.

»Dann solltest du etwas unternehmen«, meinte Mama.

Etwas unternehmen, als könnte man sich aussuchen, wen man ins Herz schloss.

»Mir geht's auch so gut.« Auf einmal fühlte ich mich sehr allein.

»Wir sagen das nur, weil wir dein Bestes wollen«, erklärte Papa.

Ich ging vor dem Feuer in die Hocke und legte ein Holzscheit nach. Wieder stoben Funken in alle Richtungen.

»Ihr braucht euch keine Sorgen zu machen«, sagte ich.

Ich hätte gern mit ihnen über alles geredet, was in mir vorging, aber ich wusste, dass sie mich nicht verstehen würden.

»Im Ofen im Flur ist das Öl alle«, fügte ich hinzu.

Und bevor sie noch etwas zu mir sagen konnten, ging ich ins Kabuff mit dem Stromgenerator, um den Kanister zu holen.

7

Bisher war es nicht nötig gewesen, meine Eltern anzulügen, aber nun konnte ich nicht mehr erwarten, dass sie meine Beziehung zu Marito unterstützten, und mein Leben brach auseinander, in völlig voneinander getrennte Bereiche. Zum einen waren da die Schule und alle damit verbundenen Aktivitäten, zum anderen meine Wochenenden mit Marito, und wieder ein anderer meine Verabredungen mit ihm in der Stadt. Diese Treffen wurden schwierig, verliefen voller Anspannung. Manchmal holte er mich von der Schule ab oder wir trafen uns irgendwo, aber die Freude, uns zu sehen, konnte nicht verhindern, dass wir uns wegen irgendeiner Kleinigkeit stritten. Es schien immer so zu laufen wie an dem Nachmittag im La Giralda: Ich fühlte mich kritisiert und ausgeschlossen; Marito sagte, ich hätte keinerlei Bezug zur Realität, und gab mir zu verstehen, dass er ihn sehr wohl hatte, dass er sich engagierte, für einen Traum etwas riskierte; aber wenn ich ihn bat, mir von diesen Dingen zu erzählen, sagte er immer, es sei besser, wenn ich nichts davon wüsste, und dann stand ich wieder auf der anderen Seite der Wand. Danach dachte ich oft, dass meine Eltern und

Tordo recht hatten, dass unsere Welten nicht vereinbar waren, aber kaum kam ich auf der Insel an und sah Marito am Bootssteg sitzen, waren all meine Zweifel wie ausradiert. Auf der Insel kehrten wir immer zu einem Umgang miteinander zurück, der von der Kindheit herrührte. Es war, als ließe sich jede Meinungsverschiedenheit, jede Unstimmigkeit mit Schere, Stein, Papier lösen, mit unseren Händen, die für einen Moment im Verborgenen das Symbol bildeten, das uns jeden Streit ersparen würde. Wir redeten über tausend Dinge, planten Reisen, erkundeten mit dem Ruderboot die schmalsten Verästelungen des Deltas und machten Feuer auf der Mittelinsel. Wir lachten viel. Und wir mochten uns. Unsere Küsse, die Art und Weise, wie unsere Körper sich suchten, waren stärker als alle Unterschiede. Marito brachte mir das Gitarrespielen bei, und wir schrieben Songtexte und Gedichte; er gab mir Bücher zum Lesen, und durch ihn lernte ich Miguel Hernández und Lorca und Nâzım Hikmet kennen. In der Schule hörten die Mädchen James Taylor, Crosby, Stills, Nash and Young, America und David Gates. Bei Marito lernte ich Spinetta, Charly García, Violeta Parra und Los Olimareños kennen. Er brachte mir bei, auf die Texte zu achten, und sprach von einer Realität, die er in diesen Momenten »unsere« nannte. Dann widersprach ich nicht, um mich nicht allein zu fühlen. Ich konnte ihm nicht sagen, dass es für mich keine gemeinsame Realität gab, die über unsere Tage auf der Insel hinausging, über unsere Küsse, die kalte, feuchte Luft in seiner Werkstatt, unsere Streifzüge am Wasser entlang, den metallischen Geruch des Schlamms, sein Gesicht und seinen Mund und seinen Körper, und auch über seine Geheimnisse, selbst wenn er mir nicht davon erzählen wollte. Aber in seiner Gegenwart fühlte ich mich konfus und wie benebelt. Ich war nicht einmal ganz sicher, ob ich wirklich an die Uni gehen wollte. Ich wollte schreiben, ich wollte reisen, Leute kennenlernen, mich nicht mehr so allein fühlen, ich wollte von ihm geliebt werden und mit ihm zusammen sein, aber ich konnte mich nirgendwo zugehörig fühlen. Alle anderen um mich herum gehörten irgendwo dazu, zu einer Gruppe, mit der sie ihre Weltanschauung teilten, sie hatten Gleichgesinnte, Orte, mit denen sie verwurzelt waren. Nur ich war allein. Allen verheimlichte ich etwas, denn ich war in lauter Einzelteile zersplittert, die sich nicht zusammenfügen ließen, und überall hatte ich das Gefühl, da zu sein und zugleich auch nicht. Es gab nur einen einzigen Ort, an dem ich mich ganz fühlte: die Insel. Und weil da immer Marito bei mir war, war er derjenige, der mich am besten kannte, so wie ich war, wenn ich mich nicht verstellen musste.

8

Schwester Francisca war die Nonne, die in der Schule den Religionsunterricht erteilte. Sie war eine füllige Frau mit einem Mondgesicht und einer Knollennase voller Äderchen, die rot anlief, wenn sie böse wurde. Von der ersten Klasse an erzählte sie uns jedes Jahr die Geschichte von Adam und Eva. Ihr großes Thema war der Sündenfall. Sie veränderte ihre Erzähltechniken und passte sich an unser Alter an, landete aber immer wieder beim selben Punkt: wie Gott den Baum der Erkenntnis schuf und Adam und Eva verbot, von dessen Früchten zu essen; wie die Schlange Eva in Versuchung führte und Eva dann Adam überredete, den verbotenen Apfel zu essen. In der zweiten Klasse hatte Schwester Francisca ein Bild an die Tafel gehängt: Adam und Eva, wie sie von Gott aus dem Paradies vertrieben werden. Ich erinnere mich noch daran, wie beeindruckt ich von diesem Bild war, Adam und Eva gebückt, die Hände vor den Geschlechtsteilen, weil sie sich plötzlich dafür schämten, nackt zu sein. Sie blickten zurück, nach Gott, der zornig mit dem Finger auf sie deutete, und flohen vor ihm, voller Angst vor all den Strafen, die jetzt auf sie warteten, weil sie gesündigt hatten.

Einmal hatte ich Schwester Francisca gefragt, wieso Gott, der doch wissen musste, dass sie sündigen würden, es überhaupt zuließ. Dieser zornige Gott gefiel mir gar nicht. Was er getan hatte, erschien mir sehr grausam. Ich stellte mir vor, wie er sich hinters Gebüsch duckte und abwartete, um dann herauszukommen und mit dem Finger auf sie zu zeigen, den Enttäuschten zu spielen, wo er doch vom ersten Moment an gewusst hatte, dass es böse enden würde. Als ich schon in der Oberstufe war, hatte ich eine Bemerkung gemacht, mit der ich mir Schwester Franciscas ewige Feindschaft zugezogen hatte.

»Das kommt mir ein bisschen sadistisch vor«, sagte ich ganz leise, aber sie hörte mich trotzdem.

Ich dachte, sie würde sich bekreuzigen. Ihre Nase leuchtete wie eine Laterne.

»Gott hat uns nach seinem Ebenbild geschaffen. Und damit wir wie Er werden, musste Er uns den freien Willen geben«, sagte sie mit erstickter Stimme.

»Und woher wissen wir dann, dass Er keine bösen Absichten haben kann?«, fragte ich.

Schwester Francisca sah mich an, als stünde der Leibhaftige vor ihr. Es war offensichtlich, dass die Vorstellung, Gott könne böse Absichten haben, ihr noch nie auch nur im Entferntesten durch den Kopf gegangen war.

Die Pausenklingel rettete sie.

»Darüber müssen wir noch reden«, sagte sie, und es sah aus, als würde sie noch etwas hinzufügen, aber dann packte sie hastig ihre Sachen zusammen und verließ das Klassenzimmer, ihre Unterlagen an sich gedrückt.

»Das überlebst du nicht«, sagte Lucila Atkins.

Die Mädchen um uns herum schienen ganz ihrer Meinung zu sein.

Am nächsten Tag nahm Schwester Francisca mich beiseite.

»Ich habe die ganze Nacht gebetet, damit Gott dir die Gnade des Glaubens schenkt«, sagte sie. »Mit dem Verstand findet man nicht zu Gott.«

Das Schlimmste war, dass ich nicht einmal mehr wusste, wann ich angefangen hatte, an diesem guten, barmherzigen Gott zu zweifeln. Ich spürte, dass sie ein bisschen recht hatte, dass der Versuch, so vieles verstehen zu wollen, ein schrecklicher Fehler war, der mich daran hindern würde, glücklich zu sein.

Meine Gespräche mit Marito drehten sich oft um Religion, und in diesem letzten Schuljahr brachte ich im Religionsunterricht häufig die Argumente vor, die er mir lieferte, viele davon aus dem Roman *Demian* von Hermann Hesse, den er mir laut vorlas und der mich total faszinierte. Die Ansichten in diesem Buch führten dazu, dass ich permanent auf Kriegsfuß mit Schwester Francisca stand.

Eines Nachmittags schickte Schwester Francisca ohne Vorwarnung einen Vermerk an meine Eltern.

Alma weicht vom Weg des Glaubens ab, stand da. *Es wäre ratsam, wenn Sie in dieser schwierigen Phase ihres christlichen Lebens mit ihr sprechen würden.*

Mama las mir den Vermerk im Auto laut vor. Es war Freitagnachmittag, sie hatten mich von der Schule abgeholt, um zur Insel zu fahren. Ich hatte überhaupt keine Lust auf dieses Thema, aber mir blieb nichts anderes übrig, als vom Rücksitz aus von meinen Auseinandersetzungen mit Schwester Francisca zu erzählen. Papa sah mich im Rückspiegel an, Mama drehte sich ab und zu erbost zu mir um, dann blickte sie wieder nach vorne und schüttelte leicht den Kopf.

»Du solltest den heiligen Thomas von Aquin lesen«, sagte Papa. »Das bringt viel mehr als die Gebete von Schwester Francisca.«

Mama warf ihm einen ihrer feindseligen Blicke zu.

»Ich weiß nicht, was daran witzig sein soll«, sagte sie.

Hinter dem Heckfenster sausten die Baumwipfel vorbei, und ich legte mich auf die Rückbank, um sie mir anzusehen.

»Zwei Verrückte türmen auf einem Moped aus der Irrenanstalt«, begann ich zu erzählen. »Der eine sagt: ›Die Bäume fahren aber schnell vorbei.‹ Und der andere erwidert: ›Ja, auf dem Rückweg nehme ich einen Baum.‹«

»Wer setzt dir bloß solche Flausen in den Kopf?«, fragte Mama.

»Was denn? Das mit den Verrückten?«

Mama drehte sich verärgert nach hinten.

»Du weißt genau, was ich meine«, sagte sie.

Es stimmte schon, viele meiner Zweifel kamen von meinen Gesprächen mit Marito, aber meine Feindschaft mit Schwester Francisca war älter, und es machte mich wütend, dass Mama mich nicht für fähig hielt, eigenständig zu denken.

»Ich glaube, der barmherzige Gott aus dem Religionsunterricht ist eine gute Ausrede, um kein schlechtes Gewissen zu haben, dass man nichts gegen die Ungerechtigkeiten auf der Welt tut«, sagte ich.

Das waren Maritos Worte, aber ich sah das genau wie er. Doch kaum hatte ich sie ausgesprochen, bereute ich es schon. Wir standen an einer roten Ampel, und Papa drehte sich auch nach mir um.

»Mit wem redest du über solche Dinge?«, fragte er.

Der Wagen hinter uns hupte, damit wir weiterfuhren.

»Alma, gib deinem Vater eine Antwort.«

Wir fuhren unter einem Gewirr von Stromkabeln hindurch, die sich zwischen den Ästen der Platanen verloren.

»Mit niemandem«, sagte ich.

»Mit niemandem«, wiederholte Mama. »Seit wann denkst du, dass die Welt voller Ungerechtigkeit ist?«

Das sagte sie, als wäre diese Vorstellung völlig abwegig, und zum ersten Mal fand ich, dass Marito recht hatte, wenn er sagte, dass wir nur an unser eigenes Glück dachten.

»So fängt es an«, sagte Mama zu Papa, als läge ich da nicht auf der Rückbank. »Zuerst wollen sie die Welt ändern, und dann legen sie Bomben unter die Betten.«

Ich setzte mich auf.

»Jetzt übertreibst du aber wirklich«, sagte Papa, sah im Rückspiegel aber wieder mich an und wollte nun auch wissen, wer mich auf solche Gedanken bringe.

»Nicht etwa diese Sozialkundelehrerin, oder?«, fragte Mama.

An der Ampel kam neben uns ein Ford Falcon zum Stehen. Der Mann, der am Fenster neben meinem saß, sah nach vorne, drehte aber plötzlich den Kopf zu mir. Da war etwas in seinem Blick, an dem harten Zug um seinen Mund, das mir sofort Angst einjagte. Ich beobachtete, wie sich seine Lippen bewegten und der Fahrer ebenfalls zu mir hersah. Sie lachten. Ich rutschte vom Fenster weg.

»Ich habe dir eine Frage gestellt«, sagte Mama.

Der Verkehr stand still, und ich musste immer wieder zu dem Auto neben uns sehen, als würde mich etwas an diesen Männern nicht nur abstoßen, sondern auch faszinieren. Der Fahrer kurbelte das Fenster herunter und stellte eine Sirene aufs Dach, wie bei einer Polizeistreife. Sie war ausgeschaltet, aber gleich darauf ging das Blaulicht an, und das ohrenbetäubende Heulen der Sirene führte dazu, dass alle ihre Fahrzeuge an die Seiten lenkten, um sie vorbeizulassen. Der Mann auf dem Rücksitz hielt den Arm aus dem Fenster und hatte die flache Hand auf die Tür gelegt. Es war eine rosige, kurze, fast feminine Hand.

»Was für unangenehme Typen«, sagte Papa.

»Sind das Polizisten?«, fragte ich.

»Ja … Sieht zumindest so aus.« Er bog in die Maipú ein, die zum Río de la Plata hinunterführte.

Niemand sagte etwas, bis wir im Bootsclub waren, als hätten die Männer in dem Falcon die Macht gehabt, uns zum Schweigen zu bringen.

»Denk bloß nicht, das Thema wäre damit erledigt«, sagte Mama, als wir die Taschen aus dem Kofferraum ausluden.

»Du verstehst überhaupt nichts«, sagte ich zu ihr und lief zu den Bootsstegen hinunter.

Es war Flut, und ich wartete mit dem Seil in der Hand, bis Papa mit unserem Boot anlegte.

Auf der Insel glätteten sich die Wogen. Vielleicht würden sie vergessen, mich weiter auszufragen.

9

Alle fahren nach Miami«, sagte Mama.

Es gab kaum einen Tag, an dem sie nicht alles daran setzte, Papa von der Wichtigkeit dieser Reise zu überzeugen, die er nicht machen wollte.

»Entweder wir fahren jetzt oder nie«, sagte sie auch immer, als würde Miami bald verschwinden oder die Welt untergehen, bevor sie »das Einkaufsparadies« kennenlernten, wie sie zu Papa sagte.

Sie rechtfertigte sich, es sei nicht nur wegen der Einkäufe, er wolle nie irgendwohin fahren, nie gehe er auf ihre Wünsche ein, er brächte es fertig, bis ans Lebensende immer an dieselben Orte zu fahren und zu sterben, ohne die Welt gesehen zu haben. Wenn man sie so hörte, war es, als hätte unser Leben auf einmal seinen Sinn verloren; Papa benutze mich als Vorwand, sagte sie, dabei sei ich schon alt genug, um ein paar Tage allein zu bleiben, mir würde nichts passieren.

Darin war ich voll und ganz ihrer Meinung. Die Aussicht, allein zu sein, begeisterte mich derart, dass ich mich bremsen musste. Wenn Mama das merkte, konnte es gut sein, dass sie es sich anders überlegte – was um Himmels willen hatte ich denn ohne sie vor?

Sie hatten es nicht geschafft, mir in dem Gespräch, das wir am Tag von Schwester Franciscas Vermerk auf der Fahrt zur Insel geführt hatten, auch nur ein Wort zu entlocken. Seither achteten sie aber darauf, mit wem ich telefonierte und wo ich hinging, und ich befürchtete, sie könnten jeden Moment herausfinden, dass Marito und ich uns auch in Buenos Aires trafen. Ich wünschte mir sehnlichst, dass sie wegfuhren, damit ich Marito nach Hause einladen konnte, um endlich einmal in der Stadt mit ihm zusammen zu sein, ohne einen Cafétisch zwischen uns zu haben, um ihm meine Welt zu zeigen, mein Zimmer, meine Sachen.

Steter Tropfen höhlt den Stein, sagte Papa zu Mama an dem Abend, als er mit den Tickets nach Hause kam. Mir war, als hätte ich Mama noch nie so glücklich gesehen wie an den Tagen vor der Abreise. Sie schrieb Listen und telefonierte mit ihren Freundinnen, ja, auch sie würde Miami kennenlernen, und notierte Adressen und sprach über Miami, als würde sie eine Reise in die Zukunft machen, in eine richtige Welt, nicht so voller Unzulänglichkeiten wie unsere eigene.

Ich begleitete meine Eltern im Taxi zum Flughafen und nickte gehorsam zu allen Anweisungen, die sie mir gaben, bevor ich sie hinter der Passkontrolle aus den Augen verlor. Papa wollte sich den Anschein geben, als würde er zu etwas geschleift, das ihn nicht interessierte, aber es war offensichtlich, dass auch er glücklich war.

Er hatte sich Informationen zu Orten besorgt, die er sich ansehen wollte, andere als Mama, wie er klarstellte; am Strand gab es ja womöglich junge Frauen, die sich oben ohne sonnten, hatte er am Abend vorher beim Essen gesagt und mir zugezwinkert.

Es war das erste Mal in meinem Leben, dass meine Eltern eine ganze Woche weg sein würden, und als ich die Haustür aufschloss, fühlte ich mich auf einen Schlag erwachsen. Ich konnte frei über meine Zeit verfügen, konnte tun, wozu ich Lust hatte. Ich stellte Musik an und ging tanzend durch die Wohnung, achtete dabei auf mein Spiegelbild in den Fensterscheiben; ich machte den Kühlschrank auf, den Mama mit Essen gefüllt hatte, und stellte mir die Stunden mit Marito vor, endlich allein, wirklich allein, ohne Glocken, die uns unterbrachen, ohne den Zwang, uns heimlich zu treffen, ohne etwas, das zwischen uns stand. Noch nie war ich so glücklich gewesen.

Marito kam um vier Uhr nachmittags mit einem Strauß Margeriten für mich. Er strahlte. Wir wollten Mate trinken; dafür hatte ich extra das typische Trinkgefäß aus Flaschenkürbis gekauft, in meinem Zimmer versteckt, damit Mama es nicht sah, und den Vormittag über trocknen lassen, flehend, Marito möge nicht merken, wie neu es noch war. Auf der Insel tranken wir Mate, und ich hatte immer gesagt, in Buenos Aires täte ich das auch.

»Das ist ja ganz neu«, sagte er, kaum hatte ich es ihm gereicht, damit er es mit den Mateblättern füllte.

»Das alte ist mir zerbrochen«, schwindelte ich und kam mir dumm vor, weil ich nie hatte zugeben können, dass ich lieber Kaffee trank.

Das Matepaket war auch noch voll.

»Mate muss man gemeinsam trinken, und ich bin immer allein.«

Das hatte ich nur so gesagt, dabei war sogar etwas dran. Aber die Hauptsache für mich war, dass er hier war. Wir hatten den ganzen Tag vor uns, eine ganze Woche, wenn wir wollten, denn ich wollte ihn einladen, über Nacht zu bleiben, als würde ich ihn einladen, Papa und Mama zu spielen.

»Für das Wolfsspiel fehlt uns Lucio«, sagte ich.

»Armer Lucio, er ist von zwei verrückten Mädchen aufgezogen worden«, sagte Marito.

Es gefiel mir, dass er das sagte, es gefiel mir, dass Carmen und ich in seinen Augen wie zwei übergeschnappte Mütter gewesen waren.

Ich habe mir immer gesagt, dass ich nicht vorgehabt hatte, mit ihm zu schlafen, als ich ihn einlud. Irgendwann hatten wir über das Thema geredet und entschieden, damit noch zu warten, oder eigentlich hatte ich das entschieden, und er war einverstanden. Ich befürchtete, er würde schlecht von mir denken, wenn ich mit ihm ins Bett ging, ich dachte, es sei vielleicht nicht gut, obwohl ich Lust dazu hatte, wer weiß, was danach passieren konnte. Und er hatte gesagt, wenn ich bereit sei, würden wir es schon merken, oder so was in der Art. Ich glaube, er hatte auch gesagt, es gebe keine Eile. Als ich ihn nach Hause einlud im Wissen, dass meine Eltern nicht da sein würden, hätte ich mir eigentlich denken können, dass diese Gelegenheit zu verführerisch war, um nicht im Bett zu landen. Das Thema stand im Raum, aber ich fand keine Worte dafür, nicht einmal Bilder, und das führte dazu, dass wir uns mit einer seltsamen Höflichkeit behandelten, als stünden wir auf einer Bühne, vor Publikum, und führten ein Theaterstück auf.

Wir bauten auf dem Wohnzimmerboden aus Kissen eine Art Nest, um einen miserablen Actionfilm zu sehen, der im Samstagnachmittagsprogramm lief. Wir küssten uns. Ich löste mich wieder von ihm und tat, als würde mich der Film interessieren. Mir fiel der Satz ein, den Mama und Schwester Francisca immer sagten, wenn sie über Sex redeten (eigentlich redete Mama nie über Sex, nur indirekt, wenn sie von unerwünschten Schwangerschaften erzählte oder die Erziehung irgendwelcher Mädchen in meinem Alter kritisierte, die ihrer Ansicht nach zu viele Freiheiten hatten). »Man muss die Gelegenheit meiden«, sagten sie und machten Sex damit zu etwas, das man wegsperren musste, wohin auch immer. Und ich ging her und öffnete bei der erstbesten Gelegenheit der am meisten gefürchteten Sünde ganz unverfroren die Tür, grade mal ein paar Stunden nachdem Mama nach Miami abgereist war und ihr ganzes Vertrauen in mich gesetzt hatte. Der Gedanke schoss mir durch den Kopf und verschwand wieder, ich presste mich an Marito und küsste ihn weiter. Wir brauchten nicht zu reden, er musste mich nichts fragen. Ich knöpfte sein Hemd auf, um seine Haut zu spüren, meine Hände reichten mir nicht, und ich ließ mich ausziehen, weil ich ihn mit dem ganzen Körper berühren wollte, die Beine um ihn schlingen wollte, und er sollte mich überall streicheln. Ich ließ mich fallen. Mein Körper öffnete sich und verlor die Ränder, wurde zu einer riesigen Leere, die schmerzte und die nur Marito füllen konnte. Als ich meinen ersten Orgasmus hatte, hielt ich mich an seinem Blick fest, um sicher zu sein, dass ich mich nicht auflöste, die Augen vor Staunen weit offen. Danach weinte ich in seinen Armen, er küsste mir die Haare, das Gesicht, leckte meine Tränen ab, sah mich an, wie er mich noch nie angesehen hatte. Aber es war, als wäre ich wieder in die Welt zurückgeworfen worden, und ich wusste, dass das, was gerade geschehen war, uns für immer miteinander verband, auch ohne dass ich es aussprach.

Als er mir drei Stunden später sagte, er müsse nach unten, um jemanden anzurufen, war ich wie vor den Kopf geschlagen. Wir waren eingeschlafen, und draußen war es schon dunkel. Sein Gesicht, das vom stummen Bildschirm des Fernsehers erhellt wurde, war auf einmal ganz ernst.

»Ruf von hier aus an«, sagte ich.

»Ich kann nicht von hier aus anrufen, aber ich gehe zu einer Telefonzelle und komme zurück.«

Er ließ nicht zu, dass ich ihn begleitete, und wollte auch nichts essen.

»Ich bin gleich wieder da«, sagte er.

Er küsste mich, bevor er ging. Er küsste mich auf die Lider und die Lippen, er hatte mein Gesicht zwischen die Hände genommen und lächelte mich an, bevor er die Fahrstuhltür schloss. Vom Erdgeschoss aus klingelte er.

»Ich liebe dich«, sagte er durch die Gegensprechanlage.

10

Die ersten Stunden verbrachte ich damit, das Telefon anzustarren, nahm immer wieder den Hörer ab, um mich zu vergewissern, dass es funktionierte. Vielleicht hatte er bei seinem Anruf eine schlechte Nachricht bekommen, er würde mir schon Bescheid sagen, es war nur eine Frage der Zeit. Mehrmals ging ich auf den Balkon. Seit zwei Tagen nieselte es, und die Straße war leer, die Ampel sprang um, obwohl kein einziges Auto wartete, ihre Farben spiegelten sich im nassen Asphalt. Um drei Uhr morgens rannte ein Mann vorbei, dann nichts mehr. Dreimal ging ich auf die Straße hinunter. Ich sagte mir, er sei auf dem Weg zu mir und ich ginge hinunter, um ihn kommen zu sehen oder damit er zu mir kam, so als wäre er nur deshalb nicht zurückgekommen, weil ich oben gewesen war. Bei einer meiner Fahrten ins Erdgeschoss nahm ich mir vor, bis zur Telefonzelle in der Santa Fe zu gehen, vielleicht war er ja noch dort. Die Vorstellung, Marito würde zwei Stunden lang telefonieren, war absurd, aber weil ich es mir so sehr wünschte, erschien es mir möglich. Ich ging nicht hin. Es war etwas an den stumm umspringenden Ampeln, das mich beklommen machte. Auf einmal kam mir die Straßenecke an unserem Haus feindselig vor, sogar gefährlich. Die Sirene einer Polizeistreife erschreckte mich so, dass ich wieder hineinging und drinnen stehen blieb, den Blick durch die Glasscheibe auf die leergefegte Straße geheftet, bis mir klarwurde, dass Marito mich nicht erreichen würde, wenn er mich anrief. Die Unmöglichkeit, an beiden Orten gleichzeitig zu sein, brachte mich zum Weinen. Es gab unendlich viele Erklärungen.

Vom Aufzug aus hörte ich das Telefon und betrat die Wohnung, gerade als es verstummte. Ich wartete bis zum Tagesanbruch, dass es wieder klingeln würde. Bei den ersten Geräuschen von der Straße schlief ich im Sessel ein, die Arme um die Knie geschlungen, weinend.

11

Am Abend hatte ich den Blutfleck auf dem Kissen nicht gesehen, aber als ich am nächsten Morgen aufwachte, schien die Sonne darauf. Die Ränder waren dunkel geworden, nur in der Mitte war er noch feucht, rot und funkelnd wie ein Rubin. Bei diesem Anblick kamen mir wieder die Tränen. War diese Beklemmung der Preis, den ich bezahlen musste, weil ich mit Marito geschlafen hatte?

Mit den Mädchen, die mit ihren Freunden ins Bett gingen, nahm es ein böses Ende. Das sagten alle Frauen, auch meine Mutter. »Dann haben sie keinen Respekt mehr vor dir«, sagte Lucila Atkins, die sich hundert Mal mit Antonio gestritten hatte, weil er mit ihr schlafen wollte, sie aber als Jungfrau in die Ehe gehen wollte. Lucilas Mutter hatte sie gewarnt: Die Männer wollten immer Sex mit der Frau haben, und dann ließen sie sie sitzen. Alle sagten, der einzige Weg, einen Mann zu behalten, sei, ihn zu heiraten, und zum Heiraten bringe man ihn nur, wenn man erst nach der Trauung mit ihm schlief. Ich wollte für immer mit Marito zusammen sein, dachte dabei aber nicht an Heirat. Das einzige Mädchen in meiner Klasse, die mit ihrem Freund geschlafen hatte, war ganz anders als die anderen. Sie war nicht von ihrem Freund verlassen worden, im Gegenteil, sie waren ständig zusammen, im Sommer hatten sie die Ferien mit den Eltern des Mädchens verbracht, und am Wochenende fuhren sie immer ins Landhaus und durften im selben Bett schlafen. Meine Mutter hatte sich stundenlang darüber aufgeregt, und Lucila Atkins durfte sie nicht mehr nach Hause einladen. Nach einem Elternabend hatte meine Mutter gesagt, die Eltern dieses Mädchens seien ganz merkwürdig und mit der Ärmsten werde es ein böses Ende nehmen. So etwas über jemanden zu denken, war alles andere als nett und unterschwellig eine Drohung, aber ich war nie auf die Idee gekommen, meine Mutter konkret danach zu fragen. Was sollte das heißen, ein böses Ende?

Ich hielt den Fleck unter kaltes Wasser, es färbte sich rot, rann in den Abfluss, verschwand in den Rohrleitungen. Das Blut fließt in den Fluss, dachte ich. Durch die Gegensprechanlage hatte Marito mir gesagt, dass er mich liebte. Wozu sollte er sagen, dass er mich liebte, wenn er mich verließ? Das Blut ging nicht raus. Ich versuchte es mit Waschpulver, dann mit einer Bürste, aber der Rand des Flecks, eine dunkle Linie mit der Form einer Lotosblume, schien unauslöschlich.

12

Die folgenden Tage waren eine Tortur. Immer wenn das Telefon klingelte, rannte ich sofort hin, überzeugt, es sei Marito, und die vielen Stunden, in denen es stumm blieb, starrte ich den Apparat an, als könnte ich das Klingeln dadurch herbeizaubern. Die Telefonate mit Mama und Papa waren unerträglich. Ich hatte so große Angst, sie könnten merken, dass etwas nicht in Ordnung war, dass ich mir die tollsten Geschichten aus den Fingern sog und mit einer Begeisterung von der Schule erzählte, die sogar mir verdächtiger vorkam als jedes Schweigen. Aber sie waren so glücklich in Miami, dass es ihnen nicht auffiel. Das löste paradoxerweise ein Gefühl von Verlassensein bei mir aus, als wünschte ich mir insgeheim doch, sie würden merken, dass etwas ganz und gar nicht in Ordnung war, und auf dem schnellsten Weg zurückkommen, um mich zu trösten. Ich konnte nicht stillsitzen, mich in der Schule nicht konzentrieren, mir kamen ständig die Tränen, und ich hatte einen Druck in der Magengegend, der den ganzen Tag nicht verging. Ich führte lange Selbstgespräche, in denen sich alle Ängste wegen dem, was ich getan hatte, mit der Überzeugung stritten, dass Marito etwas Furchtbares zugestoßen war. Mehrmals rief ich bei seinem Vater an, erreichte aber nie jemanden. Ich war abwesend, damit beschäftigt, mir jede Sekunde ins Gedächtnis zu rufen, die wir zusammen erlebt hatten, jeden Kuss, jedes Wort, jeden Blick. Ich sagte mir immer wieder, dass er mich liebte, ihn aber etwas daran hinderte, mich anzurufen, und im nächsten Moment fielen mir all die Dinge ein, die in der Schule immer gesagt wurden. Um mich noch mehr zu quälen, kam ich auf die Idee, ich sei schwanger, und betrachtete jedes Mal, wenn ich auf die Toilette ging, meinen Slip, auf der Suche nach einem Zeichen; ich tastete meinen Körper ab, um irgendwelche Veränderungen festzustellen. Auf der Straße sah ich nur noch schwangere Frauen und Geschäfte mit Umstandsmode, in Wirklichkeit lauter Hinweise für mich, die meinen Zustand bestätigen sollten.

Irgendwann merkte ich, dass ich langsam durchdrehte, und beschloss, zu Marito zu fahren und eine Erklärung zu verlangen.

Am Mittwochnachmittag nahm ich nach der Schule den Zug nach Tigre, ich wollte zum Haus seines Vaters. Vom Bahnhof aus lief ich zu Fuß, und dabei wuchs meine Gewissheit, dass Marito zu Hause sein würde. Vielleicht war er zu beschäftigt gewesen oder krank; vielleicht hatte er mich in der fraglichen Nacht angerufen, als ich unten gewesen war, und weil ich nicht abgenommen hatte, war er wütend auf mich geworden; vielleicht, und das quälte mich am meisten, hatte er gemerkt, dass er mich nicht mehr liebte und überlegte noch, wie er es mir sagen sollte.

Nach dem Nieselregen, der fast die ganze Woche gefallen war, war die Sonne herausgekommen, und an den Häusern in Tigre war Wäsche zum Trocknen aufgehängt. Das Viertel, in dem Marito wohnte, war ganz anders als meins. Ich hatte das Gefühl, dass die Leute mich hinter den Fenstern beobachteten. Ich sah ein paar Gesichter zwischen den Gardinen, und eine Frau, die in ihrem Garten gerade einen blaukarierten Kittel aufhängte, sah mir mit hoch erhobenen, in die Luft ragenden Armen und ernster Miene nach. Auch als ich längst vorbeigegangen war, konnte ich ihren Blick noch im Rücken spüren. Hinter den Zäunen bellten die Hunde, wenn ich vorbeiging. Ein besonders großer schoss auf mich zu und wurde nur von der Gittertür gestoppt, die ihn von der Straße trennte. Ich hielt meine Schultasche an mich gepresst. Ich war nicht sicher, ob ich das Haus finden würde, obwohl ich auf einem Plan des Viertels nachgesehen und mir den Weg auf einem Zettel notiert hatte. Den hielt ich die ganze Zeit in der Hand, er war schon ganz zerknittert, so oft hatte ich ihn angesehen, um mir die Straßennamen zu merken. Vor meinem Aufbruch hatte ich angerufen, aber es hatte sich keiner gemeldet. Erst jetzt ging mir auf, dass höchstwahrscheinlich niemand da war. Wie dumm, dass ich mich überhaupt auf den Weg gemacht hatte.

Maritos Haus lag zwischen zwei Querstraßen. Ein Tor aus Maschendraht, der einmal weiß gewesen war, sicherte den Zugang zu einem Plattenweg, der seitlich am Haus entlangführte. Der Putz war abgeblättert, und Blumentöpfe mit vertrockneten Pflanzen an der Wand vermittelten den Eindruck, das Haus sei verlassen. Ich drückte auf die Klingel neben dem Maschendrahttor, konnte es im Haus aber nicht klingeln hören. Ich wartete eine ganze Weile und klatschte dreimal in die Hände. Es tauchte niemand auf. Als ich gegen das Tor drückte, schwang es ohne Widerstand auf und schlug gegen den Rahmen. Auf dem Boden hatten sich Blätter angesammelt, und in den Plattenfugen wuchs Moos. Ich blieb vor einer Tür am Ende des Wegs stehen, an einer Seite, und klopfte. Daneben war ein Fenster. Ich spähte hinein. Drinnen war es dunkel, aber an einer Stelle konnte ich eine offene Tür und ein wenig Licht erkennen. Fast außerhalb meines Blickfelds, hinter dem Türrahmen, hing eine brennende Glühbirne an einem Kabel. Ich klopfte an die Fensterscheibe. Kurz darauf zeichnete sich die Gestalt eines Mannes gegen das Licht ab. Er war mager und schien Mühe zu haben, sich auf den Beinen zu halten. Er blieb in der Tür stehen und blickte in meine Richtung, als würde er mich nicht sehen. Weil er im Gegenlicht stand, konnte ich seine Augen nicht erkennen, aber es war eigentlich ausgeschlossen, dass er mich nicht sah. Sein magerer Körper, die schmalen Schultern und der Eindruck von Niedergeschlagenheit, der auf ihm lastete, erinnerten mich an den Mann auf dem Foto, das ich in Maritos Zimmer gesehen hatte. Genau wie beim Anblick des Fotos wusste ich, dass es sein Vater war. Ich winkte ihm zu.

»Ich bin eine Freundin von Marito«, sagte ich, ohne wirklich sicher zu sein, dass er mich hören konnte.

Er kam ein wenig wankend auf mich zu. Nach einer gefühlten Ewigkeit machte er das Fenster auf und dann einen Schritt zurück, weg von mir.

»Ist Marito da?« Meine Stimme zitterte.

Er hob ganz langsam den Arm, als koste es ihn große Anstrengung, und schwenkte ihn vor dem Gesicht durch die Luft.

»Sie sind sein Vater, oder?«

»Ja«, sagte er.

Von irgendwo war das Geräusch einer zuschlagenden Tür zu hören. Er drehte den Kopf, dann gab er mir zu verstehen, ich solle gehen. Er wandte mir die Handrücken zu, mit den Fingern nach unten, und bewegte die Hände auf und ab, als wollte er ein Huhn verscheuchen.

Im hellen Türrahmen zeichnete sich die Gestalt eines weiteren Mannes ab.

»Was willst du denn hier?«, fragte Tordo und kam auf das Fenster zu.

Eine Sekunde lang war ich total erleichtert, ihn zu sehen, als würde alles in Ordnung kommen, weil er da war. Doch dann überfiel mich große Angst. Tordo verließ die Insel so gut wie nie. Wenn er hier war, musste etwas ganz Schlimmes passiert sein.

»Ich weiß nicht, wo Marito ist«, sagte ich.

»Wir auch nicht«, sagte der Vater und wollte noch etwas hinzufügen, aber als Tordo ihn ansah, senkte er den Kopf und starrte auf seine Schuhe.

»Er ist nach Santiago gefahren«, sagte Tordo.

Maritos Vater hob den Kopf und starrte ihn an, als wäre ihm das, was er gerade gehört hatte, auch neu, aber das ging mir erst viel später auf. In diesem Moment schien alles wieder an seinen Platz zu rücken. Marito war wieder weggefahren, genau wie an dem Morgen nach der Berührung im Wasser. Mir traten Tränen in die Augen, und ich kam mir dumm vor, wie ich so allein dastand. Es kam mir sogar vor, als würde Tordo grinsen.

»Wann kommt er wieder?«, fragte ich.

»Weiß nicht«, sagte Tordo.

Maritos Vater schloss das Fenster und machte mir von drinnen wieder Zeichen, ich solle gehen. Tordo kehrte mir den Rücken und verschwand durch dieselbe Tür, durch die er aufgetaucht war. Noch nie hatte ich jemanden so gehasst.

13

Ich ging zur Straße zurück und blieb dort, als wäre die Welt für mich stehengeblieben. Die Sonne war hinter den Häusern verschwunden, und vom Boden stieg eine feuchte Kälte auf, die ich an den Füßen und um die Knöchel herum spürte wie eine eiskalte Hand. Am Drahtzaun des Nachbargrundstücks stand ein Junge, etwa in meinem Alter, und starrte mich an. Seine Hände waren in den Maschendraht gekrallt, die Finger mit den abgekauten Nägeln waren ganz weiß, so sehr klammerte er sich daran.

»Hallo«, sagte er und presste das Gesicht so fest an das Drahtgeflecht, dass das Fleisch wie roher Teig durch die Rauten quoll.

Ich begriff, dass er geistig behindert war. Am liebsten hätte ich gegen sein Gesicht gedrückt, damit er mich nicht länger ansah. Ich ging ein paar Blocks weiter und setzte mich in einen Hauseingang. Ich wollte nicht nach Hause zurück, ich wollte mich auf den Gehweg legen und nie wieder aufstehen. Was Marito und ich getan hatten, war Sünde, und jetzt würde ich die Konsequenzen tragen müssen. Alles, was mir jahrelang in der Schule eingetrichtert worden war, stürmte auf mich ein. Die Sätze meiner Mitschülerinnen und meiner Mutter, die Sätze, über die Carmen sich lustig machte. Sie dröhnten in meinem Kopf, konnten aber nicht übertönen, was darunter war: eine Traurigkeit, die nichts damit zu tun hatte, ein körperlicher Schmerz, als hätte man mir etwas herausgerissen und ich hätte an dieser Stelle jetzt ein Loch. Als ich aufstand, um zu gehen, war es dunkel. Die Straße war ganz ruhig, es war nur Gebell zu hören, ein Motorengeräusch, eine Sirene irgendwo in der Dunkelheit.

Auf den beruhigenden Klang meiner eigenen Schritte konzentriert, ging ich zum Bahnhof. Niemand wusste, wo ich war. Meine Eltern waren weit weg. Ich hatte keine Freunde mehr. Ich hatte Carmen verloren, und jetzt hatte mich auch Marito verlassen. Die Haltestelle Carupá war schlecht beleuchtet, und die Leute auf dem Bahnsteig schienen in ihre eigenen Gedanken versunken. Es ist allen egal, was mit den anderen los ist, dachte ich, ich könnte hier tot umfallen, und keiner würde sich darum kümmern. Ich kaufte eine Fahrkarte und ging zu einer Bank, um auf den Zug zu warten. Kaum hatte ich Platz genommen, da setzte sich Maritos beschränkter Nachbar ans andere Ende der Bank und starrte mich an. Ich tat, als würde ich ihn nicht bemerken.

»Es stimmt nicht, dass Marito nach Santiago gefahren ist«, sagte er und rutschte auf der Bank näher zu mir.

Er drehte den Kopf in alle Richtungen, dann bückte er sich und sah unter die Bank, als könnte dort jemand sein.

»Ich hab seinen Turnschuh. Den hab ich in meinem Kleiderschrank versteckt, damit meine Mama ihn nicht findet. Ich pass auf seinen Turnschuh auf, weil er ist mein Freund, und Freunde passen aufeinander auf und haben sich lieb.«

Er sah noch einmal unter die Bank.

Da begann die Glocke zu läuten, und der Idiot starrte den einfahrenden Zug an, als hätte er plötzlich alles vergessen und sähe einen Zirkusumzug. Ich versuchte nicht, ihn zu verstehen. Die Angst, die er mir eingeflößt hatte, hatte mir die Luft zum Atmen genommen, und kaum war der Zug zum Stillstand gekommen, rannte ich schon zu den sich öffnenden Türen und stieg in einen Waggon. Hoffentlich kommt der Idiot nicht hinter mir her, war der einzige Gedanke, der in meinem Kopf hämmerte.

14

Nachts um drei weckte mich die Klingel. Ich war im Wohnzimmer vor dem laufenden Fernseher eingeschlafen, in eine Wolldecke gewickelt, die ich schon als Baby hatte. Einen Moment lang dachte ich, ich hätte geträumt, aber es klingelte noch einmal. Es kam von der Haustür und klang jetzt noch dringlicher. Marito. Ich rannte in die Küche.

»Alma?«, hörte ich eine Frauenstimme durch die Gegensprechanlage fragen.

»Wer ist da?«

»Carmen.«

Carmen. Um drei Uhr nachts, nachdem wir uns zwei Jahre nicht gesehen hatten. Mein Herz machte trotzdem einen Freudensprung. Ich drückte auf den Türöffner und ging hinaus, um im Treppenhaus auf sie zu warten. Je mehr Stockwerke der Aufzug hinter sich brachte, desto schneller schlug mein Herz, bis mir vor lauter Druck die Brust schmerzte. Ich stellte mir vor, wenn Carmen die Tür aufmachte, würde ich sofort zu ihr laufen, sie umarmen, ihr einen Kuss geben, und dann wäre nichts von dem, was zwischen uns vorgefallen war, mehr von Bedeutung. Aber als die Tür aufging, empfand ich nur eine unerklärliche Angst, die mich an den Boden nagelte. Diese Angst, mit der ich überhaupt nicht gerechnet hatte, brachte sie mit, und es war, als hätte sie mich sofort damit angesteckt.

Sie ging vor mir in die Wohnung, und erst nachdem ich die Tür hinter mir zugemacht hatte, umarmte sie mich. Nur ganz kurz, so anders als in unserer Kindheit und Jugend, dass ich gleich hätte losheulen können. Aber ich erfasste instinktiv, dass Gefühle jetzt fehl am Platz waren.

»Ich muss ein paar Tage hier bleiben«, sagte sie. »Bitte sei so nett und nimm mich auf.«

Am nächsten Tag würden meine Eltern zurückkommen, aber das sagte ich ihr nicht. Irgendwie würde ich es schon schaffen, dass sie nichts dagegen hatten. Ich hatte am Abend nichts gegessen und merkte, dass ich sehr hungrig war. Carmen kam mit in die Küche und setzte sich, die Hände auf den Tisch gelegt. Ich fragte sie nach Emil. Sie sagte, er sei bei Freunden, dann verstummte sie. Wenn ich mir die Szene jetzt vor Augen führe, wünsche ich mir, alles wäre anders gewesen. Bestimmt hätte sie sich mir gern anvertraut. Ich jedenfalls wünschte mir, ich könnte ihr alles erzählen, was mir passiert war, und es wäre zwischen uns wieder so wie früher, als wir uns Rücken an Rücken auf die Mittelinsel setzten und redeten, bis wir jedes Problem gelöst. Aber ich hatte sie verraten, und dafür schämte ich mich, doch anstatt es auszusprechen und sie um Verzeihung zu bitten, tat ich, als wäre nichts. Das stand mir im Weg, so sehr, dass ich mich nicht natürlich verhalten konnte.

»Ich brauche eine Dusche und muss schlafen. Ich bin sehr müde«, sagte sie.

Ich zeigte ihr das Bad, holte ihr aus dem Flurschrank ein frisches Handtuch, drehte den Wasserhahn auf, damit warmes Wasser kam. Wir taten alles schweigend, als stünde die Wand, die mich so oft von Marito getrennt hatte, jetzt zwischen uns beiden. Wahrscheinlich dachte ich, wir würden später reden, es sei normal, dass wir uns erst wieder aneinander gewöhnen mussten. Ich war siebzehn, selbstverständlich ging ich davon aus, dass wir alle Zeit der Welt dazu haben würden. Bestimmt überlegte ich mir, wie ich mich meiner Freundin wieder annähern konnte, während ich in der Küche ein bisschen Reis warm machte und aus dem Bad das Plätschern der Dusche hörte. Die Freude vom ersten Moment war verflogen und hatte einem unbehaglichen Gefühl Platz gemacht, dem Zwang, mich in meinem eigenen Zuhause zu bewegen, als stünde ich auf einer Bühne und hätte meinen Text vergessen. Ich konnte die Last körperlich spüren, bekam keine Luft. Ich setzte mich, um den Reis zu essen, lauschte dabei auf Carmens Geräusche. Sie machte die Dusche aus, bestimmt trocknete sie sich ab, war mit dem Anziehen fertig, gleich würde sie kommen.

Als sie nicht kam, sah ich nach ihr. Sie schlief zusammengekauert wie ein Baby, mit dem Rücken zur Tür, bei brennendem Licht. Immer wenn wir im selben Bett geschlafen hatten, musste ich mich über Platzmangel beklagen. Carmen gehörte zu den Menschen, die sich im Bett breit machten, es ganz einnehmen wollten, und hatte immer lieber die Beine über mich geschoben und einen Arm über mein Gesicht gelegt, als auch nur einen Zentimeter ihres Terrains herzugeben. Noch gerade eben hatte die bloße Vorstellung, im selben Bett mit ihr zu schlafen, so wie früher, als wir klein gewesen waren, mir intime Dinge in Erinnerung gerufen, nächtliche Stimmen, die Wärme ihres Körpers, aber auch das verflüchtigte sich jetzt. Was war mit ihr passiert, seit wir uns das letzte Mal gesehen hatten? Ich hörte auf, an meinen Verrat zu denken. Was auch immer geschehen war, sie hatte sich so stark verändert, dass ich sie kaum wiedererkannte.

Ich legte mich neben sie und löschte das Licht, rückte näher, um an ihrem Haar zu riechen. Die Wärme ihres schlafenden Körpers beruhigte mich, und im Rhythmus ihres Atems ließ ich mich in den Schlaf sinken.

Kaum eine Stunde später weckte mich ihr Schrei. Sie saß mit weit aufgerissenen Augen und verzerrtem Gesicht neben mir. Als ich mich aufsetzte, starrte sie mich an, als würde sie mich nicht kennen. Sie zitterte.

»Wenn du wüsstest«, sagte sie.

Ich umarmte sie. Zum ersten Mal in meinem Leben kam ich mir älter vor als sie, stärker. Ich fragte sie, was sie meinte. Sie antwortete nicht.

»Ist Marito nach Santiago gefahren?«, fragte ich.

Sie schüttelte den Kopf, und ich wartete auf eine Erklärung, aber sie stand auf und sagte, sie wolle sich ein Glas Wasser holen. Ich folgte ihr in die Küche. Durch die Wohnzimmerfenster schien fahles Morgenlicht.

»Wo ist er?«, fragte ich von der Tür aus.

Sie stand gebückt vor dem offenen Kühlschrank und suchte nach dem Wasser, und als sie sich aufrichtete, fiel mir etwas auf, das mir vorher entgangen war. Carmen war schwanger.

Ich spürte, wie mein Körper ganz leer wurde, und setzte mich auf den nächsten Stuhl. Wo war Marito? Warum war sie hier, bei mir zu Hause, schwanger? Warum schlief sie zusammengekauert? Warum hatte sie geschrien? Ich stellte ihr keine Fragen. Plötzlich war mir sonnenklar, dass das, was ich nicht wusste, zu viel für mich war. Ich umarmte sie und gratulierte ihr und fragte sie, wann das Baby kommen würde. Aber es fiel mir schwer, ihr in die Augen zu sehen. Mir grauste davor, das zu erfahren, was ich bis gerade eben noch hatte wissen wollen.

15

Mama kam als Erste heraus. Sie hatte drei Koffer auf dem Gepäckwagen, dazu zwei Taschen, die sie nicht hatte zumachen können, weil sie zu voll waren. Papa folgte ihr mit zwei weiteren Koffern und einem Berg Jacken, obwohl es in Miami nicht kalt war und in Buenos Aires der Winter zu Ende ging. Beide dachten, ich würde deshalb weinen, weil ich sie so sehr vermisst hatte, und lachten auf der Rückfahrt, fielen sich gegenseitig ins Wort, als sie mir von ihrer wunderschönen Reise erzählten. Für einen Außenstehenden wirkten wir bestimmt glücklich, niemand konnte wissen, dass ich sie am liebsten angeschrien hätte, sie sollten den Mund halten, ich konnte ihre Freude nicht ertragen, und gleichzeitig wollte ich in sie hineinschlüpfen, daran teilhaben, alles andere außerhalb dieses Autos lassen.

»Die Preise«, sagte Mama immer wieder, als würde die Tatsache, dass in Miami alles zum halben Preis zu haben war, mein Leben ändern. Sie begann aufzuzählen, was sie an Kleidung mitgebracht hatten, und sagte immer wieder, dass alles, absolut alles, was sie für sich gekauft hatte, Größe acht war und sie die Sachen am Ende nicht einmal mehr anprobieren musste, so exakt stimmten die Größen. Was sie für mich ausgesucht hatten, wollte sie mir nicht erzählen, ich sollte es mit eigenen Augen sehen. Und in meinem Kopf begann sich die Neugier auf die Kleider über die letzten Tage zu legen, auf einmal war es so einfach, in diesem Taxi zu sitzen, neben meinen Eltern, die von Miami erzählten, von den Sonderangeboten, von den Stränden und Restaurants, von den Schiffen, die in Key Biscayne vor Anker lagen. Das waren die Dinge, die meine Mutter schon immer beruhigt hatten, die Dinge, von denen mein Vater wusste, dass sie sie glücklich machten, die Dinge, die unser Leben füllten.

Es war ihnen nicht recht, dass Carmen zu Besuch war. Sie wollten wissen, warum sie nicht woanders unterkommen konnte, aber darauf hatte ich keine Antwort und musste sie bitten, sich in mich hineinzuversetzen. Hätten sie sie etwa abgewiesen? Sie war schwanger und hatte mich gebeten, sie aufzunehmen.

»Sie hat Familie«, sagte Mama. »Oder hat der Mann sie verlassen?«

»Wie lange will sie bleiben?«, fragte Papa.

Auch das konnte ich ihnen nicht beantworten.

Das Thema drückte ein bisschen auf die Stimmung, aber wir würden gleich da sein, und vermutlich beschlossen sie, sich die Freude der Ankunft nicht nehmen zu lassen.

»Bestimmt sind es nur ein paar Tage«, sagte Papa

zu Mama und tätschelte ihr den Oberschenkel, und sie seufzte und ging dazu über, mich nach der Schule zu fragen. Ich wollte ihr nicht sagen, dass ich geschwänzt hatte. Sie würden Carmen die Schuld geben, aber sie hatte nichts damit zu tun. Es war unmöglich, ihnen etwas zu erklären. Wir lebten nicht mehr in derselben Welt.

16

Die geöffneten Taschen und Koffer stehen im ganzen Wohnzimmer herum. Überall, sogar auf den Sesseln und den Stühlen, sind Sachen ausgebreitet: Hosen, Hemden, glänzende Satinblazer, Schuhe, Stiefel, eine Stereoanlage, ein Haartrockner wie beim Friseur, Produkte für Föhnfrisuren, Schminke, ein Berg Schallplatten, Zeitschriften, ein Mittel, um die Schuhe zu reinigen, sieben Päckchen zweilagiges Toilettenpapier, »das-ist-als-würde-man-sich-mit-Seide-abwischen-Alma«, mehrere Packungen Cornflakes. Mama balanciert zwischen den ungeordneten Bergen von Einkäufen umher, hebt irgendwas hoch und nennt uns den Preis in Dollar, rechnet ihn in Pesos um. »Ist das nicht unglaublich?«, fragt sie immer wieder, wiederholt es ständig, sieht aber niemanden dabei an, als würde sie es zu sich selbst sagen. Sie ist so aus dem Häuschen, dass sie Carmen offenbar vergessen hat. Und Carmen steht in der Tür zum Flur, blass und ernst, obwohl sie von der Ausbeute ebenfalls hypnotisiert zu sein scheint. Papa sitzt auf der Armlehne eines Sessels und lächelt, versucht zu verhindern, dass der Berg Strümpfe und Krawatten, die Mama ihm in den Schoß geworfen hat, auf den Boden fällt. Manchmal steckt Mamas Begeisterung mich an, und ich fühle mich wie als kleines Mädchen im Spielzeugladen, wenn ich meine Geburtstagsgeschenke aussuchen durfte, aber aus irgendeinem undefinierbaren Grund ist mir auch unbehaglich zumute.

»Du musst im Schrank Platz machen«, sagt Mama. »Die alten Sachen kannst du weggeben.«

»Wer soll denn dieses Chaos beseitigen?«, fragt Papa.

Da kommt mir Marito in den Sinn, wie er am Bootssteg das Kabel von Mamas Stehlampe entwirrt, dann das ordentlich aufgewickelte Kabel in seiner Hand. Ich sehe Carmen in die Augen, kann ihren Blick nicht deuten. Wenn ich Jahre später an diese Szene zurückdenke, werde ich nur hoffen, dass sie mir die Verwirrung an den Augen ablesen konnte, die ich selbst in dem Moment nicht begreife.

17

Das Fenster meines Zimmers ging auf die grüne Lunge unseres Wohnblocks hinaus. Schon als kleines Mädchen hatte ich mich oft an die Scheibe gestellt und zu den erleuchteten Fenstern des Gebäudes gegenüber gesehen. Ich stellte mir gern das Leben der anderen vor, was die Frau aus dem siebten Stock wohl dachte, wenn sie hinter dem Fenster ihrer Küche abspülte oder Gemüse schnippelte, dann der Mann, der dazukam, sich nach seinem Arbeitstag die Krawatte lockerte und sie dazu brachte, sich umzudrehen, damit er ihr einen Begrüßungskuss geben konnte; die Jungs aus dem fünften vor dem Fernseher im Wohnzimmer, die Verrückte aus dem sechsten, die mit einer Partitur in der Hand durch die Wohnung wanderte, ihre seidenen Morgenmäntel, die heruntergelassenen Rollläden am Vormittag, das Männchen, das sie jeden Mittwochnachmittag um fünf am Klavier begleitete. Während sie ihr Leben lebten, ohne zu ahnen, dass ich ihnen dabei zusah, stellte ich mir vor, wie andere Leute unter blauem Himmel ihre Ochsen antrieben, Japanerinnen, die auf ihren Tatamimatten Tee tranken, Buschmänner, die durch die Wüste liefen, Eskimos, die verschiedene Worte für

Schnee hatten, je nach seiner Beschaffenheit. Zu einem meiner ersten Geburtstage hatte ich ein Buch über Kinder auf der ganzen Welt geschenkt bekommen und hatte mir angewöhnt, an sie zu denken: an kleine Holländerinnen mit spitzen Hauben, an Hawaiianerinnen mit Baströckchen und Blumenketten, an Negerlein mit bunten Halsketten. Die Welt meiner Kindheit war von Menschen in ihren typischen Trachten bevölkert gewesen, aber darum ging es mir damals gar nicht. Mir gefiel ganz einfach die Vorstellung von Gleichzeitigkeit, davon, dass viele Leben möglich waren. Ich dachte auch nicht an das Elend. In meiner Kindheit lächelten die Kinder der Welt wie auf den Abbildungen in meinem Buch.

Meine Phantasie hätte jedoch nicht ausgereicht, um mir vorzustellen, dass, während meine Eltern die Ausbeute ihrer Miami-Reise verteilten, ein Ford Falcon nahe dem Haus von Maritos Vater parkte; dass die Nachbarn, die hinter den Gardinen nach draußen spähten, lieber nicht wissen wollten, was die Männer da suchten; dass niemandem klar war, auf wen sie warteten, bis Tordo auf die Straße trat.

Später erzählte ein Nachbar, Tordo hätte nicht einmal einen Blick in Richtung des Falcon geworfen. Er hatte den Weg zum Bahnhof eingeschlagen, der Falcon war langsam losgefahren, ihm nach, bis er auf gleicher Höhe war. Aus dem hinteren Fenster wurde eine Maschinengewehrsalve auf ihn abgefeuert. Dann brauste der Falcon davon, und Tordo blieb auf dem Gehweg liegen.

Am Tag der Ankunft meiner Eltern bat Carmen mich später, sie zu einer Telefonzelle zu begleiten. Sie wollte nicht unseren Apparat benutzen – genau wie Marito, dachte ich –, und ich drängte sie nicht dazu. Ich ging mit ihr, wartete vor der Kabine, hörte sie schreien, als sie die Nachricht erhielt. Mit den Augen voller Tränen sah sie mich an und stützte die Stirn an der Scheibe ab. Ich tat dasselbe von der anderen Seite, blickte sie an und weinte mit ihr, noch ohne den Grund zu kennen, während die Scheibe von der Wärme unserer Haut beschlug.

18

Ich weiß, dass meine Eltern am liebsten nicht zu Tordos Totenwache gegangen wären. Vor allem Mama schien in ihrem Repertoire an angemessenen Verhaltensweisen nach der besten Reaktion auf die Situation zu suchen, fand aber keinen Ausweg: Tordos Tod ging ihr nicht nahe genug, sie würde sich bei der Totenwache fehl am Platz fühlen. Außerdem bekam Carmen alles mit. Mich ließ das Bild von Tordo, wie er da auf dem Gehweg lag, nicht mehr los. Als Carmen mir erzählte, was passiert war, formte sich vor meinem geistigen Auge ein Bild, als würde ich bei ihren Worten einen Film sehen, und dieses Bild kam mir dann immer wieder in den Sinn. Tordo auf dem Gehweg. Er, der nicht einmal der Liebe wegen in der Stadt hatte leben können, war auf einem Gehweg gestorben, fern vom Fluss und von den Binsen und dem Geruch nach Schlamm. Carmen saß auf meinem Bett und weinte, und ich konnte an nichts anderes denken.

Die Aufbahrung fand in der Trauerhalle von Tigre statt. Carmen sagte, sie fahre nicht mit uns hin, sie habe vorher noch etwas zu erledigen, und stieg in San Fernando aus dem Auto. Seit sie es erfahren hatte, hatte sie nicht mehr aufgehört zu weinen. Ich hatte den Impuls, ihr nachzulaufen, tat es aber nicht. Später habe ich mir oft Vorwürfe gemacht, dass ich sie damals gehen ließ. Nie hätte ich mir jedoch träumen lassen, dass ich sie nicht mehr wiedersehen würde. Beinahe hätte ich noch das Fenster heruntergekurbelt und ihr nachgerufen, ob jemand Marito Bescheid gesagt hatte. Einen Moment lang machte mich der Gedanke glücklich, dass er zur Beerdigung seines Onkels zurückkommen musste, aber dann bekam ich ein schlechtes Gewissen. Ich dachte daran, wie traurig er werden würde, wie weit Santiago weg war, dass sie ihn bestimmt nicht rechtzeitig hatten benachrichtigen können. Wenn Marito es nicht zur Beerdigung schaffte, würde er sich nicht von Tordo verabschieden können. Vielleicht würde er dann für den Rest seines Lebens denken, sein Onkel könnte jeden Moment wieder auftauchen, man werde ihn bald finden, er wäre weggefahren und wäre jener Mann, der ein paar Meter vor ihm auf der Straße ging oder auf dem Bahnsteig ein Stück entfernt auf den Zug wartete oder der gerade um die Ecke bog. Das ging mir an diesem Nachmittag durch den Kopf, ohne dass ich ahnen konnte, dass die Zeit einen Sprung nach vorn gemacht hatte, mir einen Vorgeschmack darauf gab, wie es mir selbst ergehen würde, nicht Marito. Alles brachte mich zum Weinen, aber ich versuchte, dabei kein Geräusch zu machen, ich wollte keine Fragen oder Trost von meinen Eltern. Gleichzeitig hätte ich ihnen am liebsten alles erzählt, um zu hören, dass alles wieder gut werden würde, und es auch noch glauben zu können.

Der Raum, in dem Tordo aufgebahrt war, lag am Ende eines Flurs mit fleckigen Fliesen, in dem Alustühle mit Sitzflächen aus rotem Kunstleder aufgereiht standen. Fast alle Sitzflächen waren aufgeschlitzt, als hätte jemand sein Messer ausprobiert, und aus den Schlitzen quoll zerfressenes, schmuddeliges Schaumgummi, das an Wunden erinnerte. Von der Eingangstür aus war Schluchzen zu hören, aber als wir den Raum betraten, konnte ich nicht gleich sehen, wer da weinte. Doña Ángela saß am Kopfende des Sargs, die Hände im Schoß und die Lippen zusammengepresst. Hinter ihr Cátulo, ihr Mann, und Chico. Ich hatte Chico noch nie im Anzug gesehen. Sie sahen aus wie auf einem alten Foto, alle drei in unnatürlich starrer Haltung, Cátulo kleiner als Doña Ángela, seine Hand auf ihrer Schulter, mit einem Ausdruck von Resignation. Chico hatte verquollene Augen.

Meine Eltern gingen zu ihnen und begrüßten sie. Papa blieb stumm, Mama sagte »mein herzliches Beileid«, ich war ein bisschen zurückgeblieben, ich wollte, dass Doña Ángela mich umarmte, ich wollte, dass man merkte, dass ich geweint hatte, dass ich tieftraurig war, sie sollte wissen, dass ich sie sehr mochte und dass ihr und Carmens Schmerz mir in der Seele weh tat. Aber in dem Moment konnte ich nicht weinen und war sicher, dass sie dachte, Tordos Tod sei mir egal, er lasse mich kalt, genau wie meine Mutter. Danach wusste ich nicht, wo ich mich hinstellen sollte. Ich vermied es, Tordo anzusehen – der Sarg und sein Leichnam darin, im dunklen Anzug, zogen mich an wie ein Magnet –, und das erforderte meine ganze Konzentration, aber der Raum füllte sich immer mehr mit Menschen, und um ihn zu sehen, hätte ich wieder näher rangehen müssen, anstatt weiter weg, wie ich es getan hatte. Der Sarg tauchte auf und verschwand aus meinem Blickfeld, und ich nahm ihn wahr, ohne ihn richtig zu sehen, als wäre ich kurzsichtig. Vor mir stand ein fülliger Mann mit einem Jackett, das nach Bratfett roch. Er verstellte mir den Blick, und ich drehte den Kopf nach rechts und links, musterte all die Menschen, die ich nicht kannte. In einer Ecke entdeckte ich diejenige, die laut weinte: eine Frau mit knochigen Schultern und einem Kopf, der für ihren Körper zu klein war.

»Er hat sie nicht mal kommen sehen«, sagte gerade ein Mann links von mir. »Sie haben vom hinteren Fenster aus auf ihn geschossen.«

»Was hat er bloß getan?«, fragte ein anderer.

»Gar nichts, was soll er denn getan haben. Es war der Neffe. Marito.«

Plötzlich sein Name, wie ein Schlag in die Magengrube. Was der Mann gesagt hatte, war das Dümmste, was ich in meinem ganzen Leben gehört hatte. Wie konnte er auf die Idee kommen, dass Marito Tordo etwas antun würde? Ich drehte mich zu ihnen, um ihm das zu sagen. Der Mann war klein, kompakt, und noch nie hatte mich jemand so angesehen. Ich sagte nichts. Sie gingen ein Stück weiter.

»Ich glaube, es war wegen der Frau von der Insel. Solche Geschichten gehen immer so aus«, sagte einer von ihnen, während sie quer durch den Raum gingen, auf einen Mann zu, der ihnen winkte. Die Stimmen waren lauter geworden, und die Luft war zum Schneiden, als wären wir in einer Kiste eingesperrt. Carmen kam nicht. Ich nahm mir vor, ihr zu erzählen, was der Mann gesagt hatte, und dabei wurde mir erst richtig bewusst, dass wir gar nicht geredet hatten. Wir waren zwei Tage zusammen gewesen und hatten es geschafft, uns nichts zu sagen. Dieser Gedanke machte mich noch trauriger als alles andere. Von der Eingangstür aus machte Mama mir Zeichen, aber ich tat, als würde ich sie nicht sehen. Ich wollte noch nicht gehen. Im Gedränge war ich weitergeschoben worden, und auf einmal fand ich mich vor dem Sarg wieder. Jetzt konnte ich ihn nicht länger meiden. Tordo trug einen dunklen Anzug und Krawatte, das Haar war mit Pomade frisiert. Ich hatte Mühe, ihn wiederzuerkennen. Er hatte nichts mit dem Tordo zu tun, vor dem ich Angst gehabt hatte, dem von der Insel, der das Ruderboot einen ganzen Nachmittag lang mit Baumstämmen vollgeladen, der sich mit Chico geprügelt hatte. Jetzt wünschte ich mir aus tiefster Seele, ihn noch einmal sehen zu können, von mir aus zornig, wie er uns hochkant aus dem Haus der Ungarin warf, oder sogar wie er zu Marito sagte, er solle die Finger von mir lassen, ganz egal – Hauptsache, er wäre noch am Leben. Der Mann im Sarg hatte viel mehr Ähnlichkeit mit seinem Vater, so klein, so friedlich, und ich wollte den großen Kerl aus meiner Kindheit, aus Carmens Erzählungen sehen, der in meiner Phantasie in einem breiten Bett in Leder gebundene Bücher las und dabei Liebe mit der Ungarin machte. Das Gemälde der auf Blumenkissen gebetteten Ungarin, umringt von Schlingpflanzen und mit dargebotenem Geschlecht, kam mir in den Sinn, kurz bevor sie selbst eintraf. Als sie den Raum betrat, wurde es plötzlich ganz still, und die Menge teilte sich, damit sie zum Sarg gehen konnte. Das Rote Meer. Ich hatte noch nie jemanden so weinen sehen. Sie warf sich auf den Toten, nahm das Gesicht zwischen die Hände, begann ihn zu küssen, auf die Stirn, auf die Lider, auf den Mund, streichelte ihm das Gesicht, rückte gerade mal ein Stückchen ab, um ihn anzusehen, und küsste ihn wieder, zog die Tränen und den Rotz hoch, wischte sein Gesicht mit den Händen trocken und machte es mit ihren Tränen wieder nass. Niemand rührte sich. Doña Ángela hatte lautlos zu weinen begonnen, mit geschlossenen Augen. Die Ungarin begann Tordos Körper zu streicheln, voller Leidenschaft, als könnte sie nicht genug von ihm bekommen; er war tot, und es sah aus, als wollte sie sich in den Sarg legen, um Liebe mit ihm zu machen wie an dem Nachmittag, als wir sie gesehen hatten. Ich glaube, wenn Chico sie nicht in die Arme genommen hätte, hätte sie sich tatsächlich auf ihn in den Sarg gelegt. Sie wollte sich von Chico losmachen, aber er ließ es nicht zu. Da begann sie zu stöhnen, und es hörte sich an, als wäre ein eingesperrtes Tier im Raum. Doña Ángela weinte immer noch. Sie machte kein Geräusch, die Tränen rannen ihr übers Gesicht, über den Hals, kamen am Ausschnitt zusammen, liefen am Kettchen mit dem Kreuz entlang und machten es nass. Der Raum begann sich um mich herum zu drehen. Ich hielt nach meinen Eltern Ausschau, konnte sie aber nicht entdecken. Ich bekam keine Luft, glaubte, ersticken zu müssen, und ging in den Flur hinaus. Die Ungarin stöhnte immer noch.

Ich setzte mich auf einen der roten Kunstlederstühle und ließ den Oberkörper nach vorn sinken, um mich zu entspannen. Ich muss länger so dagesessen haben, als ich dachte, denn ich hörte die Ungarin nicht vorbeigehen. Erst ihre Schreie schreckten mich auf. Sie stand mitten im Flur und schrie einen Mann an, in dem ich ihren Ehemann wiedererkannte, nicht weil ich ihn an dem Tag, als sie in der Yacht an uns vorbeigefahren waren, so genau gesehen hatte, sondern wegen seiner auffallenden Ähnlichkeit mit ihrem Vater. Er hielt ihre Handgelenke fest, damit sie ihn nicht schlug, und versuchte, sie zu umarmen. Sie stieß ihn von sich weg.

»Rühr mich nicht an!«, schrie sie, bevor sie hinauslief.

Als er in den Flur zurückblickte, entdeckte er mich. Er hatte ganz helle, himmelblaue Augen und einen seltsamen Gesichtsausdruck, als würde tiefer Schmerz sein Gesicht in eine Maske verwandeln. Er blieb noch einen Moment stehen, dann ging er mit großen Schritten hinaus und strich sich dabei mit beiden Händen das Jackett glatt, rings um den Oberkörper herum.

19

Die Idee kam mir am Tag nach der Totenwache, mitten in der großen Pause. Wenn ich mich gegen Mittag abseilte, konnte ich zu Maritos Vater fahren und wieder zurück sein, wenn die Schule aus war. Meine Eltern würden mich abholen, um zur Insel zu fahren, und die bloße Vorstellung, das Wochenende dort allein mit ihnen zu verbringen, ohne vorher mit Maritos Vater gesprochen zu haben, kam mir vor wie ein Albtraum. Ich musste wissen, was mit Marito war, wo er steckte, und einen Weg finden, ihm zu sagen, dass sein Onkel gestorben war. Manchmal muss man sich etwas vormachen, um zu handeln. Wenn ich mir eingestanden hätte, was ich wirklich wissen wollte, hätte die Angst mich wahrscheinlich gelähmt.

Ich schlich mich aus der Schule, indem ich mich unter die Mädchen mischte, die außerhalb zu Mittag aßen, und an der ersten Ecke lief ich davon, zur Avenida. Ich war nicht einmal ganz sicher, welchen Bus ich nehmen musste, aber bald entdeckte ich einen, auf dem *Tigre* stand. Er war fast leer.

Die Straßen von Maritos Viertel sahen völlig anders aus als beim letzten Mal. Die Sonne lag heiß auf den

Gehwegen, und Musik und Radiostimmen erfüllten die Luft mit Geräuschen. Ein Mann arbeitete mit einem Tischlerhobel in seinem Garten. Ein goldgelber Span löste sich hüpfend, und vor seinem Haus hing der süßlich-scharfe Duft von Holz in der Luft. Er lächelte mir zu, das Hündchen neben ihm wedelte mit dem Schwanz. Ich war blind dafür, vor lauter Angst, die mich von innen auffraß. Ich durfte nicht länger an Tordos Tod denken, daran, dass Marito etwas zugestoßen war. Bestimmt war er schon aus Santiago zurück. Er würde mir die Haustür aufmachen und aus allen Wolken fallen, aber mich so völlig unerwartet zu sehen, würde ihm die Augen dafür öffnen, dass er mich liebte. Wie sagte man noch mal? Das Herz hat seine Gründe, die der Verstand nicht kennt? Er machte die Tür auf, und ich umarmte ihn. Das war das Bild, das ich in meinem Kopf immer wieder heraufbeschwor, während ich auf sein Haus zuging. Die Umarmung. Sein Körper und meiner. Einmal und noch einmal. Der triste Plattenweg ernüchterte mich ein bisschen. Statt zu klingeln, drückte ich gegen das Maschendrahttor, so dass es gegen den Rahmen schlug, und ging direkt zum Fenster. Drinnen war es dunkel. Ich klopfte an die Scheibe und dann sofort an die Tür. Hinter mir war ein Geräusch aus dem Nachbarhaus zu hören, und gleich darauf tauchte über dem Mäuerchen, das den Plattenweg zum Garten seines Hauses hin begrenzte, der Kopf des Idioten auf.

»Der macht dir nicht auf«, sagte er.

Ich klopfte wieder an die Tür.

»Der macht dir nicht auf, weil er hat total Schiss«, sagte der Idiot und lachte durch die Nase.

Ich klopfte an die Scheibe und ging ganz dicht heran. Die Tür, durch die ich Maritos Vater das letzte Mal hatte herauskommen sehen, war zu.

»Ich bin eine Freundin von Marito«, rief ich.

»Ich auch«, sagte der Idiot. »Ich hab seinen Turnschuh.«

»Sei still.«

»Will aber nicht.«

Ich hätte ihm am liebsten eine runtergehauen.

»Bitte machen Sie mir auf«, rief ich.

Ich klopfte wieder an die Tür, so laut ich konnte, und merkte, wie sie nachgab. Sie war nicht abgeschlossen.

»Du darfst nicht in ein Haus rein, was nicht deins ist«, sagte der Idiot.

Ich hörte nicht auf ihn. Die Tür, die vom Fenster aus zu sehen war, führte zu einer Küche. Dort war es kalt, und die Glühbirne an der Decke warf ihr Licht auf fleckige Wände, eine Spüle mit einem Berg schmutzigem Geschirr, mehrere Stühle, einen mit kaputter Lehne, sowie einen ehemals roten Holztisch mit einem angebissenen Brot, Krümeln, einer Korbflasche Rotwein und einem halbvollen Glas. Der Geruch nach Moder und vergammeltem Essen war kaum auszuhalten.

Eine offene Tür ließ einen finsteren Flur erahnen, der in den hinteren Teil des Hauses führen musste. Kaum hatte ich den ersten Schritt in die Dunkelheit gemacht, da stoppte mich das Geräusch einer Tür weiter vorn im Flur.

»Carmencita«, ertönte eine Männerstimme, »ich dachte, dich hätten sie auch abgeholt.«

Ich wich zurück, bis ich gegen den Holztisch stieß. Aus der Dunkelheit des Flurs löste sich die magere Gestalt von Maritos Vater. Er wankte auf mich zu. Sein Atem roch nach Alkohol. Er ließ sich auf einen der Stühle fallen und stützte die Ellbogen auf den Tisch.

»Ich dachte, du wärst meine Tochter«, sagte er und deutete auf die Korbflasche. »Magst du?«

Ich dachte, wenn ich ja sage, würde ihm das helfen, mir zu vertrauen.

»Da oben sind Gläser«, sagte er.

Ich öffnete die Tür des Küchenschranks über der Spüle und griff nach einem Glas.

Er stand auf und versuchte die Korbflasche hochzuheben, schaffte es aber nicht, mir einzuschenken, und musste sich wieder hinsetzen.

»Bedien dich selbst«, sagte er.

Ich schenkte mir ein und nahm einen Schluck. Der Wein war sauer.

Jetzt, wo ich vor ihm saß, hatte ich keine Ahnung, wie ich es anfangen sollte, ihn nach Marito zu fragen.

Ich hatte das Gespräch mit der Frage einleiten wollen, ob jemand ihm Bescheid gesagt hatte, dass Tordo gestorben war, aber die Worte wollten mir nicht über die Lippen. Was hatte er gemeint, als er mich für Carmen gehalten hatte? Ich hatte das Gefühl, ich würde den ganzen Nachmittag stumm dasitzen, mit diesem Kloß im Hals, der mir die Luft abschnürte.

»Du bist also die kleine Prinzessin meines Sohnes.«

»Der Nachbarjunge hat einen Turnschuh von Marito«, sagte ich fast zeitgleich mit ihm.

Es war, als hätte jemand für mich gesprochen.

Maritos Vater stützte den Kopf in die Hände.

»Er ist ein guter Junge«, sagte er.

Ich begriff, dass er von Marito sprach. Mich hatte ein Zittern überfallen. Es ging von der Magengrube aus und schien im Inneren meines Körpers zu bleiben.

»Was sollte ich denn machen?«, fragte er und sah mich an, als erwarte er eine Antwort von mir. »Ich konnte nichts machen. Keiner hat uns geholfen. So wie die sich hier aufgeführt haben, wer sollte uns da schon helfen kommen. Mich haben sie aus dem Bett geholt.«

Ich wollte ihn fragen, wer ihn aus dem Bett geholt hatte, aber wieder gehorchte mir meine Stimme nicht.

Er fuhr sich mit den Händen übers Haar, nach hinten, und trank seinen Wein.

»Als Marito kam, hatten sie mich schon in die Mangel genommen, um mir zu zeigen, wo's langgeht. Die,

die draußen standen, packten ihn, und die, die bei mir waren, ließen mich liegen, um ihn zu übernehmen« – *wer denn, wer denn, wer denn?*, fragte die Stimme, die in meinem Kopf eingesperrt war. – »Weißt du, was ich gedacht habe? Ich dachte, für uns wäre die Sache einfacher, weil wir schon wissen, was Prügel sind. Wir sind hart im Nehmen. Es gibt Leute, die sind überhaupt nichts gewöhnt. Sieh mal«, sagte er und hob sein Hemd hoch.

Sein Oberkörper war völlig verfärbt. Um die ganze Taille herum hatte er große gelbbraune bis violette Flecke. Er drehte sich auf dem Stuhl, damit ich es sehen konnte. An manchen Stellen hatte er Wunden, auf denen sich Schorf gebildet hatte.

»Wer?«, fragte ich schließlich.

Ich erkannte meine eigene Stimme nicht. Maritos Vater sah mich genauso an wie Marito, wenn ich ihm eine dumme Frage stellte.

»Schenk mir nach.«

Der Wein kam überraschend schnell aus der Korbflasche und schwappte auf den Tisch.

»Entschuldigung«, sagte ich. Es gab keinen Lappen, und er machte mir ein Zeichen, dass ich genug eingeschenkt hatte.

»Danke, setz dich wieder hin.« Er nahm einen großen Schluck und stellte das Glas mit einem Knall auf den Tisch. »Mir haben sie nicht mal 'ne Rippe gebrochen. Aus ihm haben sie Hackfleisch gemacht. Wie tollwütige Hunde. Ich hab gehört, wie seine Knochen gesplittert sind. Sie haben ihn an den Stuhl gefesselt. Eine dieser Bestien hat im Wohnzimmer das Lampenkabel abgerissen.«

Er hatte die Hände auf den Tisch gestützt, sie zitterten. Ich beugte mich vor, um nach ihnen zu greifen, aber er zog sie zurück, und ich saß da mit über den Tisch gestreckten Armen und vorgebeugtem Oberkörper wie bei einer Verbeugung. Sein Glas stand zwischen meinen Armen, er machte eine übertriebene Bewegung, um danach zu greifen, eine ganz hohe Kurve, als wäre mein Arm eine Wand, die ihn von seinem Wein trennte. Ich richtete mich auf. Die Hand, die das Glas hielt, zitterte, und er wollte sie mit der anderen stützen. Er umfasste das Glas mit beiden Händen und sah es an.

»Sie haben ihn nass gemacht. Der eine hat ihn nass gemacht, und der andere hielt das Kabel. Einmal ist Marito so doll nach hinten geschnappt, dass die Lehne abgebrochen ist, da haben sie ihn an den da gebunden. Er hat nicht den Helden gespielt. Sie schrien ihn an, aber man hat kein Wort verstanden. Das habe ich ihnen gesagt. Ich war nicht betrunken.«

Er starrte immer noch auf den Wein. Ich hatte das Bedürfnis, ihn anzufassen. Von ihm angefasst zu werden. Er saß da, keinen halben Meter von mir entfernt, und ich durfte ihm nicht nahekommen. Je mehr dieses Bedürfnis in mir wuchs, desto mehr verhärtete sich mein Körper, als wäre die Luft um mich herum zu Stein geworden und ich wäre darin eingesperrt, in den Stein gepresst.

Ich hätte alles darum gegeben, wenn er mich angesehen hätte. Wenn ich ihm nicht hätte zuhören müssen, sondern er mich angesehen hätte. Er ließ sein Weinglas nicht aus den Augen. Ich hatte irrsinnigen Durst. Aber ein Glas Wasser zu holen war so undenkbar, wie Maritos Vater anzufassen.

»Einer von draußen kam wütend rein. Er hat die hier drinnen angebrüllt.«

Er nahm das Glas, schob es weit von sich weg und ließ seinen Oberkörper auf den Tisch sinken. Das Gesicht zur Seite gedreht, zur Wand hin, lag er mitten in dem Wein, den ich beim Einschenken vergossen hatte.

»Marito hat nicht mal mehr den Kopf gehoben.« Seine Stimme ging zur anderen Seite.

Ich streckte den Arm aus, als hätte ich die flüchtige Idee gehabt, sie einzufangen, und legte ihm endlich die Hand auf den Rücken, zwischen die eingefallenen Schulterblätter, auf seine grüne Wollweste.

»Als ihnen klarwurde, dass er ihnen nichts mehr sagen konnte, haben sie ihn zum Auto geschafft. Den Turnschuh hat er verloren, als sie ihn über den Plattenweg geschleift haben.«

20

Ich weiß nicht mehr, wie ich in die Schule zurückkam. Es war, als hätte mir jemand eine Plastiktüte über den Kopf gezogen. Ich bekam keine Luft, machte den Mund auf, das Plastik legte sich an meinen Mund, an meine Nase, immer fester, bis ich erstickte. Die Bilder zu dem, was Maritos Vater mir erzählt hatte, kamen wieder und wieder, unaufhaltsam, so wie die Zunge immer wieder die wunde Stelle im Mund sucht.

Ich kam zwei Stunden nach Schulschluss an. Noch bevor ich das Tor erreichte, schrie die Frau am Eingang mich schon an. Zwei Nonnen eilten herbei, und eine packte mich am Arm.

»Wo hast du denn gesteckt?«, schrie sie und schüttelte mich, als wären meine Worte eingesperrt und könnten nur so herauskommen.

Die Frau am Eingang sagte, jetzt wisse sie nicht, wie sie meine Eltern erreichen solle. Sie rief bei mir zu Hause an, aber da meldete sich niemand.

»Wie konntest du ihnen das bloß antun?«, fragte sie immer wieder, und es sah aus, als würde sie gleich in Tränen ausbrechen.

Sie war eine ganz magere Frau mit riesigen Zähnen und Glubschaugen, die schnell nervös wurde und die Angewohnheit hatte, bei Schulschluss um uns herumzuflattern. Sie erinnerte mich an ein verängstigtes Huhn, aber sie hatte ein gutes Herz und fühlte sich wirklich verantwortlich für unser Kommen und Gehen. Wenn ich nicht so betäubt gewesen wäre, hätte ich ein schlechtes Gewissen bekommen, weil sie wegen mir so außer sich war. Aber dafür war in diesem Moment in meinem Kopf einfach kein Platz.

»Sie sind auf dem Weg hierher!«, rief eine der Nonnen, die ans Telefon gegangen war und jetzt aus dem kleinen Empfangsraum herausgelaufen kam. »Sie haben von einer Telefonzelle aus angerufen. Deine Mutter hat geweint wie verrückt.«

»Das ist ja auch zum Verrücktwerden«, sagte die Frau mit den Glubschaugen und sah mich vorwurfsvoll an.

Als ich meine Eltern hereinkommen sah, empfand ich eine völlig irrationale Erleichterung. Mama hatte vom Weinen ganz verquollene Augen, und Papa wirkte verwirrt. So verängstigt hatte ich sie noch nie gesehen. Sie umarmten mich, und so blieben wir stehen, eng aneinandergedrückt, und weinten. Sie hatten keine Ahnung, warum mir die Tränen in Strömen herunterliefen, aber das war mir egal. Wir waren zusammen, und sie wollten mich nur beschützen. Ich hatte keinen anderen Ort, an den ich hätte gehen können.

21

Meine Eltern hatten im Auto alles dabei, und zwei Stunden später nahm unser Boot die Kurve, um in unseren Flussarm einzubiegen. Seit unserem letzten Besuch waren erst drei Wochen vergangen, aber mir kam es vor wie eine Ewigkeit. Ich hätte alles darum gegeben, Doña Ángela von weitem zu sehen. Doch die Anlegestelle war verwaist. Der Fluss führte Hochwasser und hatte noch das Grau des Winters, der immer noch nicht ganz fort war. Die kahlen Weiden und das spärliche Gras verliehen der Insel ein trostloses Aussehen.

Mama schimpfte, weil Chico das Haus nicht aufgeschlossen hatte und im Kamin kein Feuer brannte.

»Dabei habe ich im Laden eine Nachricht hinterlassen«, sagte sie. »Und bevor wir letztes Mal gefahren sind, habe ich ihm gesagt, dass wir dieses Wochenende wieder kommen würden.«

Papa erinnerte sie daran, dass Tordo gestorben war.

»Die armen Leute«, sagte Papa.

»Ich hoffe, das Wasser steigt nicht weiter«, sagte Mama. »Weißt du, ob Südostwind kommen soll?«

Sie zankten sich über die Wettervorhersage, an die Mama glaubte wie an eine religiöse Offenbarung und die Papa als Humbug abtat. Ich fragte sie, ob ich zu Doña Ángela hinübergehen könne. Alles, was um mich herum geschah, schien sich in einer anderen Welt abzuspielen, und ich sah aus der Ferne zu. Sogar mein Körper schien nicht mir zu gehören und bewegte sich von allein, und meine Stimme sprach, ohne dass ich das Bedürfnis hatte, etwas zu sagen. Es war, als wäre ich tot, und niemand würde es merken.

»Wenn der Fluss weiter steigt, wird ihr *Rancho* überschwemmt«, sagte Papa.

Ich war schon auf der Treppe. Es gab Dialoge und Szenen, die immer wiederkehrten, mit winzigen Abweichungen, und uns vorgaukelten, uns könnte nichts passieren. Wenn alles so blieb, wie es war, wären wir in Sicherheit.

Wir waren nicht in Sicherheit.

Ich hatte ihnen erzählt, ich hätte die letzte Stunde geschwänzt und dann die Zeit vergessen, und sie hatten mir geglaubt und waren nachsichtig mit mir gewesen, weil sie mich hatten weinen sehen. Und weil meine Lüge überzeugend gewesen war, dachte ich. Aber heute ist mir klar, dass ihre Reaktion mit den Dingen zu tun hatte, die ich für mich behielt. Genau wie ich, die ich Carmen nichts gefragt hatte, wollten sie lieber nichts wissen. Und das war ihnen nicht einmal bewusst. Es war eben einfacher so. Nur hatten sie nicht die geringste Ahnung, was eigentlich los war. Wie konnten wir da in Sicherheit sein?

22

Als ich auf Doña Ángelas Haus zuging, kam nicht einmal Bartolo heraus, um mich zu begrüßen. Die Tür war geschlossen, und es war kein Geräusch zu hören. Ich dachte, sie seien vielleicht in der Stadt geblieben, und ging zu Maritos Werkstatt. Die Werkzeuge hingen, wo sie hingehörten, die Liege mit der Blumendecke stand immer noch an der Wand. Ich spürte einen großen Druck auf der Brust und mochte nicht hineingehen. Es war Verrat, dass die Dinge sich an ihrem Platz befanden, als wäre nichts passiert.

Als ich gerade wieder über die Hängebrücke gehen wollte, meinte ich ein Heulen zu hören. Es führte mich zur Tür von Doña Ángelas Haus. Ich legte das Ohr ans Holz und wäre fast nach hinten gekippt, so heftig wurde von innen gegen die Tür gedonnert. Bartolos unverwechselbares Bellen beruhigte mich. Ich begann von außen leise auf ihn einzureden, aber er bellte und jaulte so sehr, dass ich probierte, ob vielleicht gar nicht abgeschlossen war. Natürlich war es nicht in Ordnung, einfach hineinzugehen, aber ich musste Bartolo trösten.

In der Küche war es eisig. Der kleine Vorhang sperrte das Abendlicht aus, und da der Herd kalt war, war die Luft feuchter denn je. Bartolo sprang bellend um mich herum. Ich setzte mich auf den Boden, damit ich ihm die Arme um den Hals legen konnte, ließ zu, dass er mich ableckte, mein Gesicht, meinen Hals, meine kalten Hände. Ich begann mit ihm zu sprechen, ihm all die Dinge zu erzählen, die ich keinem Menschen sagen konnte. Das brachte mich zum Weinen, und er leckte mein nasses Gesicht ab und winselte, als würde er alles verstehen.

Später ging ich zum Zwischengeschoss hinauf. Ich weiß nicht recht, was ich da eigentlich wollte, aber kaum war ich oben, hatte ich das Gefühl, der Raum, wo früher Tordos und Maritos Kammern gewesen waren, sei von einem Orkan verwüstet worden. Die Ziegelsteine standen noch aufeinandergetürmt, nur manche waren umgestürzt, und die Bretter, die als Regale gedient hatten, lagen am Boden, kreuz und quer, so wie sie gefallen waren, und bildeten eigenartige Winkel. Die Bücher waren alle fort. Das Einzige, was noch an das Gewicht der Bibliothek erinnerte, die ich gesehen hatte, waren die durchgebogenen Blechplatten. Ohne die Wände aus Büchern waren die drei Räume zu einem einzigen verschmolzen, und man konnte sich kaum mehr vorstellen, dass hier einmal drei Kammern gewesen waren, in dieser feuchten Leere, in der jetzt nur noch die Säulen aus Ziegelsteinen und die herumliegenden Blechplatten und Holzbretter übrig waren. Das Gemälde der

Ungarin war ebenfalls verschwunden. An der Wand, die zu Maritos Kammer gehört hatte, hing nur noch das in Pappe gerahmte Foto von den Inselbewohnern beim Binsenschneiden. Marito mit dünnen Armen und hocherhobener Machete. Ich löste es ab, küsste es, setzte mich auf den Boden, das Foto in den Händen. Marito hatte mir das Gefühl gegeben, dass wir ein einziges Wesen waren, dass wir viel mehr waren als nur wir selbst. Was sie ihm angetan hatten, ließ mich ganz leer werden. Er und ich waren eins gewesen. Wer war ich jetzt?

Ich stand nur auf, weil unsere Glocke läutete. Es fiel mir schwer, Bartolo im Haus zu lassen, und noch lange nachdem ich die Hängebrücke überquert hatte und die Stufen zu unserem Haus hinaufgegangen war, hallte sein verzweifeltes Geheul durch die eisige Nacht. Als ich Mama und Papa auf der Veranda sah, dachte ich, sie würden mit mir schimpfen, aber sie waren beunruhigt wegen eines rötlichen Widerscheins, der vom alten Anglerverein zu kommen schien.

»Für einen Waldbrand ist es zu klein«, sagte Papa gerade. »Und selbst wenn, es ist so feucht, dass er sich kaum ausbreiten kann.«

Mama schien sich nicht so sicher zu sein, aber ihre größte Sorge war das Hochwasser.

»Wir hätten in Buenos Aires bleiben sollen«, sagte sie. Mit einem Mal war die Insel für alle zu einem feindseligen Ort geworden.

23

Bevor es dunkel wurde, wollte Papa zum Anglerverein fahren und sich das Feuer ansehen.

Der Garten des Vereins, der ein paar Meter höher lag als unser eigener, stand erst zum Teil unter Wasser, aber die kleinen Wellen unseres Boots schwappten glucksend über die Bohlen der Anlegestelle. In dem Stück Garten, den das Hochwasser noch nicht geflutet hatte, rauchten noch die letzten Reste eines großen Feuers.

»Merkwürdig«, sagte Papa.

Aber ich wusste sofort, was hier passiert war. Es war, als hätte ich es von Anfang an gewusst und nur auf die Bestätigung gewartet, die ich bekam, als wir an Land gingen und ich neben dem Feuer ein Stück vom Einband der *Elementaren Oden* von Pablo Neruda liegen sah. Alle Bücher, die Tordo in den Jahren seiner Liebe zu der Ungarin gelesen hatte, die meine Freunde in ihrer Kindheit begleitet hatten, die Marito mir vorgelesen hatte – in ein paar Stunden würde ihre Asche von den Wirbeln der Strömung erfasst werden. Verkohlte Pappe, Papierschnipsel und graue Flocken würden sich vermischen und wieder trennen, im Kreis drehen, untergehen, bis sie auf den Grund des Flusses sanken. Mit der Zeit würden diese Bücher in Vergessenheit geraten, niemand würde mehr wissen, dass sie hier waren.

In der Nacht ging ich mehrmals hinaus, um nach dem Widerschein des Feuers zu sehen. Gegen drei war es fast erloschen, und der sternenlose Himmel schien wie eine schwarze Decke über der Insel zu liegen. Das war die stillste und dunkelste Nacht meines Lebens. Selbst die Bäume schienen verschwunden zu sein. Ich weiß noch, dass ich wach in meinem Bett lag, bis es hell wurde, dass ich nicht schlafen konnte; es kam mir vor, als würde ich auf etwas warten, aber ich hatte nicht die leiseste Ahnung, worauf. Ich schlief ein, als das erste Licht den Schatten des Binsenrollos an die Wand malte. Das Wasser, das die ganze Nacht über weiter gestiegen war, bis es den Garten überschwemmte, hatte ich gar nicht gehört.

Epilog

Oktober 2007

Unsere Vorfahren haben uns gelehrt, dass das Feiern der Erinnerung auch ein Feiern des Morgen ist … Sich zu erinnern heißt nicht, Augen und Herz der Vergangenheit zuzuwenden, es ist keine leere Rückschau, die sich um Lachen und Weinen dreht. Die Erinnerung ist einer der sieben Schlüssel, die dem menschlichen Herzen helfen, seinen Weg zu gehen. Die sechs anderen sind: Wahrheit, Anstand, Beharrlichkeit, Aufrichtigkeit, Achtung vor sich selbst und anderen sowie Liebe.

Subcomandante Marcos

Die Fähre überquert den Paraná de las Palmas unter einem wolkenlosen Himmel. Der Fluss fängt die Sonnenstrahlen auf und lässt sie tanzen, an der Decke, im Firnis des Schiffsdecks, in den Gesichtern und im Haar der Mitreisenden. Es liegt Aufregung in der Luft, festliche Stimmung, aber gleichzeitig auch Anspannung, als hätte der Druck sich zu lange Zeit angestaut und wir würden verunsichert darauf warten, wie er sich entladen werde. Mein Herz klopft sehr stark, und ich bin sicher, dass die meisten anderen Passagiere genauso aufgewühlt sind wie ich. Ich habe schon einige von Emils Geschwistern wiedererkannt, und einer von ihnen hat mich auch wiedererkannt, trotz der dreißig Jahre, die zwischen den Fotos, die er bestimmt gesehen hat, und heute liegen. Ich sitze am einen Ende der Fähre, und jeder, den ich ansehe, hängt seinen Gedanken nach, der ohrenbetäubende Lärm des Motors verschafft uns eine Atempause von den abgehackten Wortwechseln am Bahnhof, vom Vorstellen und Vorgestelltwerden, von der Unmöglichkeit, zusammenzufassen, wer wir sind und warum wir hier sind.

Die zweite Fähre nimmt eine andere Route. Bestimmt hat sie unsere Anlegestelle schon passiert und fährt auf dem Río San Antonio zum Paraná de las Palmas. Das Treffen soll im Haus von Emils Eltern stattfinden.

Ich versuche, nicht an traurige Dinge zu denken, heute soll die Freude die Oberhand behalten. In meinem Kopf geht alles durcheinander. Ein Schwarm Gänse fliegt in Formation über den Himmel. Sie reisen zusammen irgendwohin, so wie wir. Wenn der Leitvogel müde ist, löst ein anderer ihn ab, und so, indem sie sich abwechseln, sich Mut machen, die Rollen tauschen, werden sie ans Ziel gelangen. Als ich den Blick vom Himmel löse, sehe ich in die blauen Augen von Emils ältestem Bruder. Ich weiß nicht, was er auf der CD erzählt hat. Er weiß nicht, was ich erzählt habe. Jeder von uns hat seinen Teil der Geschichte von Carmen und Emil beigesteuert, damit Ariel sich ein Bild von ihnen machen kann.

Der junge Mann steigt die Treppe des Hauses herunter und kommt auf uns zu, die wir dicht gedrängt an der Anlegestelle stehen, ein wenig unschlüssig, wie es jetzt weitergehen soll. Mein Herz setzt aus. Das ist Marito, der ganz unbefangen auf mich zukommt, mit den Armen schlenkernd, das Gesicht zu einem Lächeln geöffnet. Mir schießen Tränen in die Augen. Das ist nicht Marito, das ist Ariel, sage ich mir, der Sohn von Carmen und Emil. Als er bei uns ist, kehrt alles an seinen Platz zurück. Er begrüßt einen nach dem anderen. Jeder Einzelne, der hergekommen ist, hat ihm eine Geschichte zu erzählen.

»Alma?«, fragt er.

Ich schaffe kaum ein Nicken. Wir umarmen uns. Ich kann nichts sagen.

Im Haus, auf einem Tisch mit Fotos und Geschenken, die die Ankommenden dort hinlegen, steht ein mit Packpapier ausgelegter Schuhkarton. *Mnemotechnischer Abfall* steht in der entschlossenen Schrift meiner Freundin auf dem Etikett. Die Teile für Carmens Collage sind unversehrt: die Postkarten, die ich ihr geschickt habe, wenn ich in die Ferien fuhr, die Zettel der Ungarin, Zeichnungen und Briefe von Lucio. Sämtliche Eintrittskarten zu den Tanzveranstaltungen im Club Felicaria, zu denen sie mit Emil gegangen war, mit einem Gummi zusammengebunden. Die Einladungskarte mit der Goldschrift zum Geburtstag des Nachbarn an dem Abend, an dem ich zum ersten Mal ahnte, dass Marito vielleicht in mich verliebt war. Jetzt kann ich die Tränen nicht mehr wegblinzeln. Lucio umarmt mich von hinten.

»Hey«, sagt er. »Es gibt so viele Wege in der Welt, die sich nie kreuzen. Stell dir mal vor, du hättest sie nie kennengelernt.«

Ich spüre seine starken Arme um mich. Er hat recht. Ich will das Leben feiern. Ich will feiern, dass es die Liebe zwischen Carmen, Marito und mir gegeben hat. Ich will feiern, dass wir Ariel gefunden haben.

Doña Ángela sitzt an der Anlegestelle. Ihre Hände ruhen auf dem Holzstock, den Lucio ihr geschnitzt hat. Ich knie vor ihr nieder. Umarme sie. Lasse mich an ihre warmen, weichen Brüste sinken und drücke die nasse Wange an ihr Kettchen.

Ich setze mich neben sie und lege meine Hand auf ihre. Die Wärme meiner Hand verbindet sich mit der Wärme ihrer Hand. Doña Ángelas Hand ist rau, wie die von Carmen. Ich schließe sie ganz in meine, und es ist, als würde man einen Stein einwickeln.

»Wir haben ihn gefunden«, sagt sie.

Wir haben ihn gefunden. Der Stein hat die Schere stumpf gemacht.

Inhalt

Anmerkung des Verlages

Während der argentinischen Militärdiktatur von 1976 bis 1983 wurden etwa dreißigtausend Menschen verschleppt. Die meisten von ihnen verschwanden spurlos. In geheimen Gefangenenlagern geborene Kinder wurden den Müttern geraubt und an Regimeanhänger vermittelt. Noch heute suchen Angehörige nach ihren Enkelkindern.